W0414761

Chris Maierhofer

Eric Airomaus

Phantastische Geschichten

Band 1

Mit Illustrationen

von Bea Steinhart

Printed in Austria

ISBN 978-3-200-05825-5

Druckhaus
Schiner
KREMS
www.schiner.at

oder unterhalten sich über den neuesten Dorfklatsch. Sie sind liebenswert und bisweilen ein bisschen anstrengend - so wie manchmal auch du und ich!

Das friedliche Bergdörflein liegt weit hinter den

Bergen, hinter den Bergen, hinter den Bergen und noch weiter hinter den Bergen und immer weiter – hinten, versteckt in einem Tal des Mausburgischen Gebirges. Nur wenige wissen, wie man dort hinkommt. Nach Mausburgen kann man nur fliegen

Mausburgen hinter den Bergen

Darf ich mich vorstellen? Mein Name ist Rockabilly und ich bin Chef der 20-Krähen starken Jazzband „Rockabilly & Friends“. Eric Airomaus und Emily Flymaus sind meine besten Freunde. Wir leben in Mausburgen hinter den Bergen. Das ist ein sehr kleines, verschlafenes Nest. Im Sommer sind bei uns die samtgrünen Wiesen übersät mit leuchtend roten, süßen Walderdbeeren. Aus der Vogelperspektive einer Krähe betrachtet, sieht Mausburgen dann wie ein großes Erdbeertörtchen mit Gelee aus. Im Winter hingegen gibt es im Dorf so viel Schnee, dass die schneebedeckten, runden Dächer der kleinen Häuschen leckeren Vanilleeiskugeln zum Verwechseln ähnlich sehen.

Noch ist es Sommer. Die Mausburgener und Mausburgenerinnen wuseln auf dem Marktplatz emsig hin und her, kaufen Käse, frisches Obst und Gemüse, auch ein bisschen Speck darf es sein, sie sitzen im lieblichen Gastgarten des einzigen Kaffeehauses „Fly“ und lesen die „Mausburgener Nachrichten“

Inhalt

oder du machst die Augen zu, dann einen Schritt vor und einen zurück, dann drehst du dich einmal im Kreis – und schon bist du mitten in Mausburgen, und zwar genau auf diesem Marktplatz. Du biegst in die kleine, verträumte Gasse mit den efeuumrankten Häusern ein, gehst bis ans Ende des Gässchens und gelangst zu einem winzigen Holzhaus mit Holzveranda. Auf der Veranda stehen eine gemütliche Sitzbank, ein großer, runder Tisch und ein Schaukel-

stuhl. Gleich wird Eric Airomaus aus seinem Blockhaus herauskommen. Und da ist er auch schon! Mit Frühstückskakao und Schokocroissant erscheint er auf der Bildfläche. Er will wahrscheinlich den wunderschönen, sonnigen, schulfreien Morgen genießen. Lässig lehnt er im Türrahmen und nimmt einen Schluck Kakao. Aber gleich wird es aus sein mit der Ruhe, denn da kommt Emily Flymaus angesaust. Ihre orangeroten Haare fliegen im Wind, sie schwingt sich kurz in den Schaukelstuhl, doch dann fällt ihr Blick auf die Scheune neben Erics Haus. Die beiden laufen zur Scheune, öffnen mit vereinten Kräften das schwere Tor und schieben ächzend ein kleines, rotes Flugzeug ins Freie. Eric Airomaus und Emily Flymaus klettern ins Cockpit, starten die Maschine und heben ab - ins nächste Abenteuer.

Ein herzliches Krah-Krah!

Euer Rockabilly

Die erste phantastische Geschichte

Eric Airomaus und der Tornado

1. Die Ruhe vor dem Sturm

Eric Airomaus saß beim Frühstück, löffelte lustlos an seinem Müsli, schlürfte dazu Kakao und seufzte schwer. - Ihm war langweilig, stinklangweilig war ihm. - Wandertag wäre heute in der Schule gewesen – Ausflug in den Kletterpark! In der Früh hatte er aber den Wecker überhört und voll verschlafen. Sie mussten also ohne ihn wandern. Er würde nichts versäumen, denn draußen regnete es in Strömen. Wandertagswetter war das nicht, Flugwetter aber leider auch nicht. - Ihm war langweilig, stinklangweilig war ihm! – Und Emily Flymaus ließ sich auch schon seit Tagen nicht mehr bei ihm blicken. Zugegeben, in letzter Zeit hatte es immer wieder Zoff zwischen ihnen gegeben, aber das war noch lange kein Grund, tagelang die beleidigte Leberwurst zu spielen.

„Jetzt reicht´s!“, brummte Eric und angelte sich seinen roten Regenmantel von der Garderobe. Entschlossen schlüpfte er in seine roten Gummistiefel, trat missmutig in den Regen hinaus und stapfte rot bemäntelt, Wind und Wetter trotzend, hinüber zu den Flymäusen, einer wirklich netten Familie. Seine Regenmantelkapuze hatte er tief in die Stirn gerückt, Regenwasser tropfte von seiner Kapuze auf die Holzdielenbretter der Veranda des Flymäusischen Hauses und bildete um seine Gummistiefel herum einen kleinen See. Eric Airomaus drückte energisch auf die Klingel. Frau Flymaus öffnete. „Hallo, Eric! Was machst du denn hier? Solltest du nicht in der Schule sein? Heute ist doch Ausflug!“ Frau Flymaus blickte ihn fragend an. „Ja, ich weiß! Aber ich hab´ verschlafen und den Schulbus versäumt, leider! Könnten Sie Emily sagen, dass sie gleich zu mir rüberkommen soll, wenn sie wieder zu Hause ist? Ich habe einen Bumerang gestern in der Nacht gebaut und den möchte ich ihr gerne zeigen.“ Emilys Mutter nickte und meinte: „Na klar, ich werde es ihr ausrichten!“ Die Tür schloss sich und Eric stand wieder allein auf den nassen Holzdielenbrettern der Flymäusischen Veranda und im Regen. Seufzend drehte er sich schließlich auf seinen Gummistiefelabsätzen um und schlug die Richtung zu jenem alten Schuppen ein, in dem sein kleines, rotes Flugzeug stand. Knarrend ging das riesige Scheunentor auf, nachdem sich Eric Airomaus mit aller Kraft dagegengestemmt hatte. Düster war es hier drinnen, die rote Propellermaschine aber strahlte und glänzte ihm entgegen. Eric kletterte ins Cockpit, setzte sich ans Steuer und hörte dem Regen zu, der auf das Scheunendach prasselte. Zu gern wäre er heute eine kleine Runde geflogen, aber bei dem Regenwetter und dem starken Wind da draußen war das einfach unmöglich. Schwere Gewitter waren angesagt. Da hieß es auf Wetterbesserung warten. Wehmütig schwang er sich aus dem Flugzeug und lief durch den Regen wieder ins Haus. – Ihm war langweilig, stinklangweilig war ihm!

2. Wo ist Emily Flymaus?

Müde lag er auf dem Sofa und betrachtete von allen Seiten sein Meisterwerk, diesen phantastischen Bumerang. Noch hatte er ihn nicht ausprobiert. „Wird das Ding auch wirklich fliegen und wieder zu mir zurückkommen?“, fragte er sich nachdenklich, dann schlief er ein.

Jäh wurde er vom schrillen Klingelton seines Handys aus dem Schlaf gerissen. Noch ein wenig benommen, blickte er auf sein Handy. Frau Flymaus war am Telefon. „Hallo Eric, ist unsere Emily bei dir? Die Schuldirektorin hat mich gerade angerufen, Emily dürfte bei der Wanderung vom Weg abgekommen sein und jetzt suchen sie überall nach ihr, im Wald und im ganzen Kletterpark. Es ist schon halb fünf und im Radio haben sie schwere Gewitter mit Sturmböen angesagt! Ich mach´ mir solche Sorgen um sie!“, tönte es verzweifelt durch´s Telefon. „Machen Sie sich bitte keine Sorgen, Frau Flymaus! Ich werde Emily mit meinem Flugzeug suchen und sie sicher gleich finden. Sie wird sich nur ein bisschen verlaufen haben. Der Regen hat nachgelassen und der Gewittersturm kommt erst am späten Abend, also kann ich starten. Ich melde mich wieder bei Ihnen! Auf Wiederhören, Frau Flymaus!“ Eric Airomaus legte auf. Jetzt musste es schnell gehen. Die Maschine war vollgetankt, das wusste er sicher. Den Wald rund um den Kletterpark kannte er wie seine Westentasche, er würde sich in dieser Gegend auch bei schlechter Sicht und in der Dunkelheit zurechtfinden. Hastig schnappte er noch seinen Rucksack und den Bumerang, lief durch den Regen zur Scheune, öffnete das knarrende Tor und schob keuchend die Maschine ins Freie. Dann kletterte er ins Flugzeug, startete und rollte den Feldweg entlang, nahm volle Geschwindigkeit auf und zog die Maschine hoch in die Luft. Die Sicht war gleich Null, der Sturm rüttelte wie wild am Flugzeug und warf es wie einen Federball zwischen den Gewitterwolken hin und her. Eric hatte schon einiges erlebt, aber das war denn doch zu stark! In der Zwischenzeit war der Sturm zu einem wütenden Tornado geworden! Mit aller Kraft hielt Eric das Steuer fest und versuchte, irgendwie Kurs zu halten. Wie auf einer Schotterstraße rumpelte er mit seinem Flugzeug in Slalomschwüngen den Himmel entlang. Es war ein Wahnsinn! Unter ihm lag der Wald und links vom Wald kam schon der Kletterpark in Sicht. Zwischen dem Waldstück und dem Kletterpark konnte er den reißenden Fluss erkennen, über den es einen extrem langen und steilen Flying Fox gab. Eric Airomaus strengte seine Augen an, doch er sah nur Bäume, Sträucher, den Fluss und den Kletterpark. Emily dagegen war nirgends zu entdecken. Er konnte vor Müdigkeit kaum noch seine Augen offenhalten, während er die Gegend angestrengt nach Emily absuchte. Hätte der Tornado das Flugzeug nicht so durchgeschüttelt – er wäre glatt eingeschlafen. Sehnlichst wünschte er sich Streichhölzer, um seine schweren Augenlider damit abzustützen.

Da! - Plötzlich bemerkte er am Südende des Waldstückes ein schwaches Blinken zwischen den Bäumen. „Was war das nur?“ Eric ging tiefer und flog so knapp über den Baumwipfeln, wie er nur konnte. Er musste sich sehr konzentrieren, denn der Sturm warf sein kleines Flugzeug noch immer wie wild hin und her. Da! - Schon wieder dieses Blinken! Es blinkte in regelmäßigen Abständen, kam ihm vor. Er zählte: „Dreimal kurz, dreimal lang, dreimal kurz – hier blinkte doch jemand den SOS-Notruf mit Morsezeichen als Lichtsignal mit einer Taschenlampe. Ja, tatsächlich: dreimal kurz, dreimal lang, dreimal kurz. - Das konnte nur Emily sein!“ Ein ganzer Felsbrocken fiel ihm vom Herzen. Er hatte sie gefunden! Fieberhaft überlegte Eric, wo er hier in der Nähe nur landen könnte. Auch hoffte er, dass Emily sein Flugzeug bereits bemerkt hatte. Sie würde ihn vielleicht mit ihrer Taschenlampe zu einem halbwegs sicheren Landeplatz in dieser Wildnis lotsen können. Die Lichtsignale der Taschenlampe bewegten sich tatsächlich durch den Wald Richtung Fluss. Er konnte ahnen, was seine Freundin Emily vorhatte. Würde sie es schaffen, in diesem Gewittersturm durch den Wald zu kommen? – In dieser Gegend gab es am Flussufer eine große, ebene Wiese. Dort könnte eine Landung klappen. Das Lichtsignal flackerte wie ein Irrlicht durch den Wald und bewegte sich langsam, aber doch stetig zum Flussufer. Eric Airomaus folgte – immer wieder am Himmel Schleifen ziehend – dem Lichtschein der Taschenlampe, denn die kleine

Maus da unten auf der Erde konnte ja nicht so schnell sein wie ein Flugzeug. Nach langen, zäh dahinfließenden Minuten erreichte Emily Flymaus schließlich die Wiese und gab ihm das Lichtsignal für eine Landung. Der Sturm ließ nicht einmal ein bisschen nach und der Zeiger des Windstärkenmessgerätes zeigte zitternd auf Tornado-Windstärke. „Wie soll ich da bloß landen? Das ist ja wirklich ein ausgewachsener Tornado!“, schoss es ihm durch den Kopf, während sein Flugzeug wie auf einer Schotterstraße durchgerüttelt wurde. Vor ihm kam die mit Maulwurfshügeln und Geröll übersäte Landewiese in Sicht. Da war die Landung auf dem Erdäpfelacker vom Huber-Bauern seinerzeit ja ein Klacks gewesen! Doch er hatte keine andere Wahl! Ohne zu zögern, flog er eine lange Schleife und steuerte dann die Wiese zur Landung an. Emily stand mit ihrer Taschenlampe am Waldesrand. Mit Hilfe ihrer Lichtzeichen konnte er sich ganz gut orientieren. Die Wiese kam ihm im Scheinwerferlicht wie ein dunkelgrünes, im Sturm weiß aufschäumendes Meer vor. „Na, das kann ja heiter werden! Bestenfalls bringe ich hier eine Bruchlandung zusammen!“, überlegte er noch kurz, fuhr die Landeklappen aus und setzte schließlich zur Landung an. „Rummps!" – Hart kam die vom Sturm gebeutelte Maschine am Erdboden auf. Eric wurde durch den Aufprall schwer in seinen Pilotensitz gedrückt, doch er ließ das Steuer nicht aus, durchpflügte mit hoher Geschwindigkeit einen Maulwurfshügel nach dem anderen, durchbrach dichtes Gestrüpp, riss Sträucher, Geröll und Erdbrocken mit und dann gab es ein hässliches, ohrenbetäubendes Geräusch. „Klirr, krach, Knacks, schepper…!" - Der linke Flügel war an einer Tanne hängengeblieben und in der Mitte abgebrochen. „Jetzt ist es aus!", dachte Eric Airomaus, dann brach auch noch das linke Rad, der Propeller verhedderte sich in einem Dornenbusch, das kleine, rote Flugzeug kippte zur Seite und blieb schließlich qualmend in einem Holunderbusch stecken. „Schöne Bescherung!" – Eric Airomaus wurde quer durch das Cockpit geschleudert und landete äußerst unsanft im rückwärtigen Teil der Propellermaschine. Es schepperte fürchterlich, der Sturm heulte und Regen prasselte wie eine gewaltige Steinlawine auf das Dach des

Flugzeuges. Der Motor aber war zum Stillstand gekommen. Noch ziemlich benommen, rappelte sich Eric ächzend auf und versuchte sich irgendwie in diesem Chaos zurechtzufinden. Das war gar nicht so leicht – es war nämlich zappenduster im Cockpit. „Hallo, Eric, hallo, bist du verletzt, wo bist du nur?“ Das war Emily Flymaus, die mit zaghafter Stimme nach ihm rief. „Hier bin ich, hier! Mir geht es gut, Emily! Alles in Ordnung! Bei dir auch alles okay?“, meldete sich Eric und war froh über Emilys Taschenlampe, die nun das Cockpit ausleuchtete. - Emily Flymaus war patschnass und zitterte vor Kälte, draußen heulte noch immer der Sturm. Sie versuchte, die Flugzeugtür zuzumachen, aber der Tornado war stärker. Erst mit vereinten Kräften gelang es ihnen, die Cockpittür wieder zu schließen. „Gott sei Dank hast du mich gefunden! Ich bin fast gestorben vor Angst!“, schrie sie Eric ins Ohr, denn der Tornado war so laut, dass man sein eigenes Wort nicht mehr verstehen konnte. „Was ist passiert? Warum hast du die anderen beim Wandertag verloren?“, brüllte Eric in voller Lautstärke zurück. Emily wiederum brüllte zurück: „Ich hab´ bei der Rast – während einer Regenpause – unter einem Kirschenbaum ein kleines Nickerchen gemacht. Als ich dann endlich wieder aufgewacht bin, waren die anderen alle weg. Stundenlang bin ich durch den Wald geirrt, dann ist auch noch dieser Sturm gekommen. Ich bin total fertig, sag ich dir!“ Eric reichte Emily eine warme Fleecedecke und nahm sich selber auch eine. Wie es aussah, würden sie die Nacht im Flugzeug verbringen müssen, denn sein Handy lag völlig zerstört auf dem Boden, das Funkgerät war außer Betrieb. Eine warme Jogginghose und einen dicken Pulli hatte er auch immer dabei, denn er war schon öfters in einen Gewitterregen geraten. Emily zog die trockenen Sachen an und langsam kam wieder Farbe in ihr blasses Gesicht. Eric Airomaus war so unsagbar froh, Emily wiedergefunden zu haben, und nahm sich vor, nie wieder mit ihr zu streiten. „Man kann nie wissen, was passiert“, dachte er ernst. „Hast du vielleicht was zu essen?“, fragte Emily. Beim Schein der Taschenlampe aßen sie dann Schokoladenkekse und tranken Walderdbeerensaft dazu. Schokoladenkekse und Walderdbeerensaft hatte er immer als eiserne Reserve mit dabei.

Nur wenig später rollten sie sich in ihre Decken ein, die Augen fielen ihnen zu und schließlich schliefen sie erschöpft ein. Draußen tobte der Tornado.

3. Flying Fox und Bumerang

Es war schon heller Morgen, als Eric aufwachte. Sein Kopf schmerzte und greller Sonnenschein tat ihm in den Augen weh. Emily schlief noch immer tief und fest in ihre Decke eingerollt. Der Tornado war vorbei! Eric ging davon aus, dass der Sturm gestern Nacht so stark gewesen war, dass man die Suche nach ihnen sicher abgebrochen hatte. Es konnte noch Tage dauern, bis man sie finden würde. Er nahm einen Schluck Walderdbeerensaft und überlegte: „Wir sind ganz in der Nähe des Kletterparks, am Ufer des Flusses, und wir müssen ans andere Ufer, wenn wir nach Hause wollen. Ich möchte nicht noch eine Nacht hier verbringen!“ Dann erinnerte er sich an den Super-Flying-Fox im Kletterpark, der über den Fluss führte. Das war es! Sie mussten nur in den Kletterpark zu diesem Flying Fox. Nur so konnten sie den mächtigen, reißenden Fluss überqueren. Aufgeregt weckte er Emily. Sie war einverstanden mit seinem Plan: Er wollte aus den zwei Fallschirmen, die sich an Bord befanden, Kletterseile und Klettergurte basteln. Eric montierte die beiden Karabiner ab und Emily knüpfte aus den Fallschirmseilen starke Kletterseile. An jedem Seil wurde ein Karabiner befestigt, dann rollten sie die Taue fein säuberlich auf. Schnell stärkten sie sich noch mit dem Rest der Schokoladenkekse und tranken den Walderdbeerensaft aus. Sie würden viel Kraft brauchen, denn der Flying Fox war extrem hoch und steil. In Windeseile packten sie ihre Sachen zusammen, nahmen die zwei Fallschirmgurten und die Kletterseile mit den Karabinern und stiegen aus dem Flugzeug. Da fiel Erics Blick auf seinen goldglänzenden Bumerang und das Abschleppseil. Er überlegte nicht lange, schnappte den Bumerang und auch das Abschleppseil, dann schlug er die Flugzeugtür hinter sich zu. Das Herz tat ihm weh und Tränen standen ihm in den Augen, als er den Schaden am Flugzeug bei Tageslicht betrachtete. Aber da war jetzt nichts mehr zu machen, darüber würde er sich später Gedanken machen. Sie mussten erst einmal irgendwie wieder nach Hause kommen. Emily kullerten auch ein paar Tränen über die Wangen, als sie das verbeulte Flugzeug sah.

Sie stapften los durch die vom Regen aufgeweichte Wiese. Bei jedem Tritt versanken sie tief im Schlamm. Bäume lagen entwurzelt in der Gegend herum, dicke Äste und Zweige versperrten ihnen immer wieder den Weg. Mit letzter Kraft erreichten sie endlich den Flying Fox, der über den reißenden Fluss führte. Jetzt wurde es ernst! Eric Airomaus kletterte mit dem Kletterseil über der Schulter, dem Bumerang und dem Abschleppseil auf die sieben Meter hohe Flying-Fox Kletterstation hinauf, Emily folgte ihm. Oben angelangt meinte sie: „Wow, das ist aber ziemlich hoch da heroben!“ Ehrfürchtig blickten Eric und Emily hinunter auf den breiten Fluss, der nach dem Gewittersturm Hochwasser führte. „So ein Mist! Der Tornado hat das Drahtseil, das über den Fluss führt, abgerissen“, rief Eric wütend. „Oje, dann können wir das gleich wieder vergessen. Wir kommen nie über diesen Fluss!“, stellte Emily Flymaus enttäuscht fest. „Eine kleine Chance haben wir noch! Mein Bumerang und das Abschleppseil! Ich weiß aber nicht, ob das auch wirklich funktionieren kann“, antwortete Eric nachdenklich. Er wollte das Abschleppseil an seinem Bumerang befestigen und ihn dann über den Fluss in den gegenüberliegenden Wald werfen. Wenn er gut zielte - und mit viel Glück -, würde sich der Bumerang um den Baum der gegenüberliegenden Flying-Fox-Endstation wickeln und dann mit dem restlichen Seil zu ihm zurückfliegen. Einen Versuch war es jedenfalls wert! Er wusste nur zu gut, dass er nur diesen einen Versuch haben würde. Sorgfältig befestigte er das Seil am Bumerang. Es war ein sehr leichtes Tau, hatte aber eine sehr hohe Zuglast. Das Abschleppseil wickelte Emily so auf, dass es sich beim Abflug nicht verheddern konnte, sondern sich gleichmäßig aufrollte und mit dem Bumerang mitflog. Dann kam der Moment, auf den alles ankam. Mit höchster Konzentration zielte Eric auf die Flying-Fox Plattform am anderen Flussufer, dann schoss er mit aller Kraft den Bumerang in die Luft und über den Fluss. Die beiden hielten den Atem an und folgten mit ihren Augen dem Flug des Bumerangs. In einem weiten Bogen flog der Bumerang über den Fluss, das Abschleppseil spulte sich schnell und ohne sich zu verwickeln ab und folgte ihm wie ein Kometenstrahl ans andere Ufer. Gebannt beobachteten Eric und Emily den Kurvenflug des Bumerangs. Er umrundete den hohen Nadelbaum der

Flying-Fox-Ausstiegsstelle und kehrte auf gleicher Strecke wieder zurück, wo ihn Eric sofort wieder schnappte und nicht mehr losließ. Es hatte tatsächlich geklappt! Gemeinsam mit Emily setzte er das Abschleppseil straff durch, das sich jetzt wie eine Brücke über den Fluss spannte, und befestigte es mit einem sicheren, festen Knoten an einem dicken Baumstamm. Er prüfte die Spannung des Seiles, war zufrieden und traf schließlich die letzten Vorbereitungen für den Flying-Fox-Flug, der ihnen jetzt bevorstand. Die Rollen des gerissenen Drahtseiles montierte er ab und befestigte sie am neu gespannten Seil. „Wir werden gemeinsam da hinübersausen", erklärte Eric. „Jeder sichert sich mit seinem Fallschirmseil und dem Karabiner an der Rolle. Wir sind leicht und das Flugzeugabschleppseil hält uns beide locker aus!" Emily nickte, aber recht wohl war ihr dabei nicht zumute. Auch Eric hatte ein etwas mulmiges Gefühl in der Magengegend, aber es war die einzige Möglichkeit von da weg, über den Fluss und wieder nach Hause zu kommen. Emily stieg in den Fallschirmgurt, befestigte das Fallschirmseil mit einem Bergsteigerknoten und klinkte den Karabiner in die Flying-Fox-Rolle ein. Eric Airomaus machte sich auch fertig, steckte noch schnell seinen Bumerang in den Rucksack und ließ dann auch seinen Karabiner einschnappen. Zur Sicherheit überprüfte er nochmals beide Karabiner, dann gab er das Startzeichen: „Achtung, fertig und loooooos…!“ Zisch! … Und sie sausten aus sieben Metern Höhe hinunter zum Fluss, über Bäume und Sträucher und dann waren nur mehr die reißenden Stromschnellen des Flusses unter ihnen. Wie zwei Pfeile schossen die beiden am Seil entlang, das sich wie eine Gitarrenseite spannte und unter ihrem Gewicht erzitterte. Sie konnten kaum atmen bei der Geschwindigkeit, in der sie nun in Sekundenschnelle über den Fluss auf das gegenüberliegende Ufer zurasten. Eric Airomaus nahm die gegenüberliegende Kletterstation ins Visier und hoffte, drüben rechtzeitig das Abbremsseil zu erwischen, damit sie nicht wieder zurückrutschen würden. Das wollte er sich lieber nicht vorstellen! – Mit voller Wucht krachten sie schließlich gegen den gepolsterten Baumstamm der Flying-Fox Station. Eric erwischte im letzten Moment gerade noch das blaue Abbremsseil und sie waren gerettet! Fast gleichzeitig sprangen die beiden auf die Plattform. Völlig außer Atem vor Anstrengung ließen sie sich auf die Holzbretter fallen und hielten sich an einem Baumstamm fest. „Uff, das war aber knapp!“, keuchte Emily. - „Ja, das kann man sagen!“ Eric Airomaus betrachtete seine Handflächen, die von dem rauen Bremsseil ganz aufgerissen waren und bluteten. Aber das machte ihm alles nichts aus. Sie hatten es geschafft, er konnte es noch gar nicht glauben! Und der Bumerang funktionierte perfekt. Das hätte er sich nie träumen lassen. Stolz betrachtete er seinen goldschimmernden Bumerang, der aus seinem Rucksack lugte.

Nach einer kurzen Verschnaufpause in den Baumwipfeln machten sie sich auf den Heimweg. Frau Flymaus schloss Emily überglücklich in die Arme und dankte Eric tausendmal. Die beiden bekamen jede Menge Schokoladenkekse und heißen Kakao.

Gleich am nächsten Morgen ließ Eric Airomaus sein kleines, rotes Flugzeug aus dem Wald abschleppen und begann mit der Reparatur. Schon nach einigen Wochen erstrahlte seine Propellermaschine wieder in neuem Glanz und wartete in der alten Scheune auf das nächste Abenteuer.

Ende

der ersten phantastischen Geschichte

Die zweite phantastische Geschichte

Sokrates im Schnee

1. Sokrates allein unterwegs

Das kleine Dorf Mausburgen lag tief verschneit am Fuße des gewaltigen Mausburgischen Gebirges und funkelte und glitzerte im Sonnenschein wie ein geheimnisvoller Diamant. Wie in den duftig-weißen Schaum einer Schaumrolle zart eingehüllt, steckten die kleinen Häuser zwischen den meterhohen Schneewechten. Die Bergspitzen ragten bis hinauf in den blitzblauen Himmel in die klirrend kalte Schneeluft hinein. Der glitzernde Schnee dämpfte jedes kleinste Geräusch und friedliche Stille lag über dem malerischen Bergdörfchen.

Eric Airomaus hatte sich seine wärmste Fliegermütze über die Ohren gezogen, seinen dicksten Wollschal bis übers Kinn hinauf gewickelt und trug seinen knallroten Anorak mit der Pelzkapuze. Mit den Moonboots und den Fellhandschuhen sah er aus wie ein Polarforscher. Es hatte minus 20 Grad und sein Atem gefror bei jedem Atemzug zu kleinen, weißen Rauchwölkchen. Fröstelnd stapfte er zur Scheune und versank bei jedem Schritt fast bis zum äußersten Rand seiner Moonboots im Schnee. „Was für ein herrlicher Wintertag! Richtiges Ausflugswetter! Einziges Problem: Hoffentlich springt der Motor bei dieser Kälte an!“, überlegte er und lehnte sich mit aller Kraft gegen das Scheunentor. Das Tor öffnete sich knarrend, Sonnenlicht durchflutete die alte Scheune und Erics kleines, rotes Flugzeug erschien auf der Bildfläche. Die letzten Monate hatte Eric Airomaus damit zugebracht, sein Flugzeug wieder auf Vordermann zu bringen. Bei der Notlandung damals im Kletterpark war es ziemlich beschädigt worden, aber jetzt erstrahlte es in neuem Glanz. Repariert, lackiert, auf Hochglanz poliert und mit vollem Tank stand es nun in der sonnendurchfluteten Scheune und wartete auf neue Abenteuer.

„Hallo, Eric! Warte, ich komm´ auch mit!“ Emily Flymaus kämpfte sich durch den meterhohen Schnee in Richtung Scheune. Eric gefiel ihre weiße Wollmütze mit den goldenen Sternen und der lustigen Fellquaste. Die Mütze passte sehr gut zu ihren orangeroten, lockigen Haaren und ihren sanften, grünbraunen Augen. Sie war dick eingepackt in einen weinroten Anorak, hatte einen buntgestreiften Schal fast bis zur Nasenspitze gewickelt und ihre Hände steckten in flauschigen Fellhandschuhen. Emily erschien ihm heute etwas nervös und irgendwie auch ein wenig traurig, als sie neben ihn trat und sich keuchend gegen die Scheunenwand lehnte. „Was ist los mit dir? Du schaust ein bisschen fertig aus?“, fragte Eric besorgt. „Sokrates, mein kleiner Terrier, ist weg, einfach weg, spurlos verschwunden, seit heute früh!“, flüsterte Emily mit vor Tränen fast erstickter Stimme. Erst vor drei Wochen war Sokrates als ihre Geburtstagsüberraschung mit fliegendem, schneeweißem, lockig-flauschigem Fell in ihr Zimmer gestürmt. Und von diesem Augenblick an waren sie ein Herz und eine Seele gewesen. Emily kullerte eine Träne nach der anderen über die Wangen, sie verstummte schließlich und blickte tieftraurig in die verschneiten Wälder am Fuße des Mausburgischen

Gebirges. Irgendwo da draußen in dem finsteren Wald irrte Sokrates frierend und einsam und verlassen herum. „Was? Sokrates ist weg! Ja, wie ist denn das passiert?“, fragte Eric aufgeregt. „Heute Morgen war er einfach nicht mehr da. Normalerweise weckt er mich immer auf, aber heute hat er mich nicht aufgeweckt und ich hab´ bis halb zehn Uhr durchgeschlafen. Dann bin ich endlich aufgewacht und er war nicht mehr da, nirgends. Überall habe ich ihn gesucht: im Haus, im Garten, im Schuppen, in der Garage und überall. Nichts! Er ist wie vom Erdboden verschluckt.“ Emily senkte den Blick und ließ die Schultern hängen. Eric Airomaus klopfte ihr aufmunternd auf die Schultern und tröstete sie: „Mach dir keine Sorgen, wir werden Sokrates finden! Mit dem Flugzeug kann ich den Wald und alle Felder in kürzester Zeit absuchen. Es wird zwar nicht leicht, denn Sokrates ist so weiß wie der Schnee, der hier in der ganzen Gegend herumliegt. Aber dein kleiner Terrier läuft herum, bewegt sich schnell und hinterlässt Spuren im Schnee. Die Spuren werden wir von der Luft aus gut erkennen können.“ Emilys Augen leuchteten auf und sie schien wieder Hoffnung zu schöpfen. Mit vereinten Kräften schoben sie das Flugzeug aus der Scheune und kletterten ins Cockpit. Eric Airomaus hatte noch am Vortag das Flugzeug vollgetankt, und Honigkekse, Walderdbeerensaft und zwei Schlafsäcke waren für alle Fälle auch an Bord. Es konnte also gleich losgehen. Zum Glück sprang der Motor an und in Sekundenschnelle waren die beiden in der Luft.

2. Sokrates und der kleine Wolf

„So ein Schlamassel! Jetzt habe ich mich doch glatt verirrt, wau, wau! Und so etwas passiert mir, dem West Highland Terrier Sokrates mit der besten Spürnase der Welt. Nicht zu fassen, diese Blamage, diese Blamage!“Ärgerlich und überaus nervös hielt Sokrates seine berühmte Spürnase in die Höhe und schnupperte in alle Richtungen, dann buddelte er wie ein Wahnsinniger im meterhohen Schnee, denn er hoffte, dort eine Spur aufnehmen zu können. Sein Magen knurrte, seit heute Früh hatte er nichts mehr zwischen die Zähne bekommen, und er sehnte sich nach Emily und dem gemütlichen Wohnzimmer mit dem behaglichen Kaminfeuer im Flymäusischen Haus. Der Platz vor dem Kamin war sein Lieblingsplatz im Winter. Während er so buddelte und buddelte, träumte er von seiner weichen Hundedecke, auch von der Knackwurst, die Emily ab und zu für ihn aus der Küche klaute, und vor allem von der wohligen Wärme am flackernden Kaminfeuer. „Seufz, ach, das wäre jetzt so schön!“, seufzte er tief und buddelte keuchend weiter und weiter. - „Was wäre jetzt so schön?“ Eine scharfe, aber doch jugendliche Stimme zerschnitt plötzlich die Eisluft. Erschrocken fuhr Sokrates zusammen und hielt inne. „Nichts als Ärger heute, es ist zum Auswachsen! Soll ich mich jetzt umdrehen oder lieber doch nicht? Was wird denn das nun wieder für einer sein?“, fragte sich der kleine Terrier und bewegte sich vorerst nicht. „Warum buddelst du dich wie ein Verrückter durch den Schnee? Ist dir vielleicht langweilig?“ Das konnte sich Sokrates nicht bieten lassen. So eine Frechheit! „Na warte, Bürschchen, dir werde ich´s zeigen!“, dachte er wütend und drehte sich angriffslustig um. - In einiger Entfernung sah er einen kleinen Wolf, der lässig an einer Tanne lehnte und eingehend die Krallen seiner linken Pfote betrachtete. Sokrates schluckte. Mit einem Wolf wollte er sich lieber nicht anlegen. Dieser hier war zwar noch sehr jung und von eher schmächtiger Gestalt, dafür aber schien sein Selbstbewusstsein umso ausgeprägter zu sein. „Wie heißt du, du Winzling!“, posaunte der kleine, aufgeblasene Wolf zu ihm hinüber. „Na, mir scheint…!“, knirschte Sokrates zwischen den

Zähnen. „Geht dich nichts an!“, gab er beleidigt zurück.

„Aha, du heißt also „Geht-dich-nichts-an“. Sehr interessant, sehr interessant!“ Der Wolf schien beeindruckt. „Komm mit mir, mein lieber „Geht-dich-nichts-an“! Ich lade dich zum Abendessen bei mir zu

Hause ein. Ist nicht weit von hier. Meine Eltern haben die schönste Höhle in der Gegend hier und es gibt immer ein gutes Essen. Du siehst erbärmlich aus, wenn ich das sagen darf, dazu machst du auf mich auch einen ziemlich durchgefroren, übermüdeten und hungrigen Eindruck. Hast du dich verirrt? – Das wäre hochinteressant!" Sokrates wies diese Behauptung heftig von sich: „Grrh, wau, wau, natürlich nicht! Ich vertrete mir hier nur ein wenig die Beine. Ich lebe ganz in der Nähe von hier, in Mausburgen. Das ist ja nur ein „Katzensprung" von hier. Vielen Dank für die Einladung, aber ich ziehe es vor, ohne weitere Verzögerung nach Mausburgen zurückzukehren. Mein Abendessen wartet bereits vor dem Kaminfeuer auf mich und ich bin sowieso schon spät dran. Auf Wiedersehen, kleiner Wolf!" Mit diesen Worten verabschiedete sich Sokrates eilig und stapfte erhobenen Hauptes und möglichst leichtfüßig durch den Schnee. Er hatte nicht die geringste Ahnung, in welcher Richtung Mausburgen wohl liegen könnte. Als er gerade im Begriff war, bei der nahen Wegkreuzung nach rechts abzubiegen, hörte er den oberschlauen Wolf hinter sich leicht spöttisch sagen:

„Mausburgen liegt aber in der entgegengesetzten Richtung, du Vifzack, und wenn du eine Tagesreise als einen „Katzensprung" bezeichnest, musst du eine wirklich gute Kondition haben, mein lieber „Geht-dich-nichts-an"! Dein Fall ist wirklich sehr interessant. Bestenfalls bis zum Frühstück schaffst du es bis Mausburgen, und das auch nur dann, wenn du heute Nacht im Wald nicht erfrierst. Bald ist es stockdunkle Nacht! Du kannst bei uns schlafen in der Wolfshöhle, wenn du willst! Du erfrierst sonst hier heraußen, es ist zu gefährlich, glaub mir!" Jetzt erst bemerkte Sokrates den besorgten Unterton in der Stimme des kleinen Wolfes. Auch wurde ihm mit einem Mal bewusst, wie unendlich müde und schwach er doch eigentlich schon war. Er würde sich nicht mehr lange aufrechthalten können. Sokrates überlegte kurz und entschied sich schließlich - angesichts der Kälte und der hereinbrechenden Nacht - für die Unterkunft in der Wolfshöhle.

Wenig später liefen die beiden einträchtig nebeneinander her in Richtung Wald und bald tauchte auch schon das Zuhause des jungen Wolfes auf. Der kleine Wolf hieß übrigens Frankie. Die Höhle lag gut versteckt hinter undurchdringlichem Gestrüpp und Dornenbüschen unter einem mächtigen Felsvorsprung. „Grrh, Grrh! Halt! Frankie, halt, wen bringst du da in unsere Höhle? Wie heißt dieser Winzling?" Ein mächtiger, unglaublich riesiger Wolf mit dichtem, schwarzblau glänzendem Fell und Augen wie glühenden Lavasteinen stellte sich ihnen in den Weg. Frankie zitterte wie Espenlaub und stotterte: „Geht-dich-nichts-an." Da begannen die Augen des furchterregenden Wolfes wie glühende Kohlenstücke Funken zu sprühen und seine dröhnende Stimme prallte hallend gegen die Felswände: „Wrrhaauh, du wagst es, deinem Vater gegenüber so frech zu sein, du Nichtsnutz! Was fällt dir ein? Natürlich geht mich das was an, wenn du Leute in unser Geheimversteck schleppst!" Frankie war einer Ohnmacht nahe und Sokrates schloss die Augen, steckte seinen Kopf in die nächste Schneewechte und versuchte sich vorzustellen, ganz woanders zu sein. Der kleine Wolf hatte sich inzwischen wieder gefasst und entgegnete seinem Vater, dem großen Wolf, mit fester Stimme: „Aber Papa, der heißt wirklich so! Nicht wahr, „Geht-dich-nichts-an", du heißt doch so, oder?"

Sokrates tauchte mit seinem Kopf blitzartig aus der Schneewechte wieder auf, schüttelte sich fröstelnd den Schnee von den Ohren und sagte mit zittriger Stimme: „Ja, ja, mein Name ist „Geht-dich-nichts-an“, aber ich heiße mit meinem zweiten Namen auch „Sokrates“ und bin aus Mausburgen. Wuff, wuff! Guten Tag, Herr Wolf! Es war sehr schön, Sie kennengelernt zu haben! Leider habe ich es schon sehr eilig. Ich muss sofort los!“ Mit diesen Worten trat Sokrates schon Schritt für Schritt den Rückzug ins Dornengestrüpp an und wollte so schnell wie möglich das Weite suchen. „Du bleibst, grrh!“, entgegnete der große Wolf mit Donnerstimme, sodass Sokrates gleich ausrutschte und im Tiefschnee landete. Er rappelte sich auf und folgte schließlich ohne weiteren Widerstand dem großen und dem kleinen Wolf in die Wolfshöhle. Sokrates war zum Umfallen müde, nur sein Hunger hielt ihn noch wach. Frankies Mutter war eine schöne Wölfin mit sanften, klugen Augen. Sie lachte, als Frankie ihr seinen neuen Freund „Geht-dich-nichts-an“ vorstellte. Dann gab es endlich Abendessen. Sokrates fühlte sich wohl, denn das Essen war gut und reichlich, und in der

Wolfshöhle war es behaglich warm. Die Höhle war sehr geräumig und weitverzweigt mit einigen dunklen Gängen und Felsnischen. Frankie zeigte ihm den Schlafplatz in einem geschützten Winkel der Höhle. Der Boden war weich, mit Moos und seltenen Kräutern bewachsen. Frankie fand alles noch einmal „hochinteressant“ und schlief sofort leise schnarchend ein. Sokrates lag noch eine Weile wach und dachte an Emily, ein paar Tränen tropften leise auf den moosbewachsenen Höhlenboden, aber dann fielen auch ihm die Augen zu. Er schlief erschöpft ein und schnarchte leise seiner ungewissen Zukunft entgegen.

3. Zwei unheimliche Begegnungen

„Tok, tok, tok,…ratter, ratter, ratter!“ Der Motor stotterte immer besorgniserregender. Eric Airomaus und Emily Flymaus flogen nun schon seit Stunden die gesamte Gegend ab, jedoch von Sokrates fehlte nach wie vor jede Spur. Der Zeiger der Treibstoffanzeige bewegte sich schon bedenklich gegen die Null zu und Eric Airomaus suchte nach einem halbwegs geeigneten Landeplatz. Ihm war gar nicht wohl zumute. Der Treibstoff ging zur Neige, er würde wohl oder übel in den nächsten zwanzig Minuten landen müssen. Sorgen machte ihm auch die Tatsache, dass hier in der näheren Umgebung sicher keine Tankstelle zu finden sein würde. Vergeblich versuchte Emily mit dem Navigationsgerät einen Landeplatz zu finden, aber das Ding war ausgefallen und piepste nur mehr kläglich vor sich hin. Schließlich studierte sie eingehend die Landkarte und wurde in letzter Minute fündig. „Flieg den Fluss entlang und dann bei der ersten Flusskrümmung Richtung Norden. Da müsste dann eine große Lichtung kommen, auf der wir vielleicht landen können!“ Eric riss das Steuer herum und nahm Kurs auf die Lichtung. „Da, da!“

Emily zeigte aufgeregt auf die Lichtung, auf die sie zuhielten. „Spuren im Schnee! Siehst du diese Spuren? Sokrates war hier, hier auf dieser Lichtung!“ Sie hüpfte im Cockpit vor Freude wie wild herum. Auch Eric konnte nun deutlich Spuren im Schnee erkennen und es waren eindeutig Spuren von Hundepfoten, die sich da quer über die Lichtung zogen. Die Dämmerung brach schon herein und es war höchste Zeit für die Landung. Die Kerosinanzeige stand bereits auf Reserve und Eric standen die Haare zu Berge vor lauter Anspannung. Mit Schweißperlen auf der Stirn setzte er zur Landung an und dachte: „Jetzt oder nie!“ - Holterdipolter, rums, rums! – Eric und Emily wurden in ihre Sitze gedrückt und wie in einer Waschmaschine durchgerüttelt. Mit vereinten Kräften hielten sie zu zweit das Steuer fest und hofften, dass die Bremsen funktionierten. „Biff, baff, biff, baff!“ Dann machte es noch einen Schnalzer und sie standen. Aus dem Armaturenbrett rauchte und qualmte es heraus und die beiden Piloten lagen in der hintersten Ecke des Flugzeuges. Stöhnend rappelte sich Eric Airomaus auf und hielt Ausschau nach Emily. Sie kroch soeben mit verdutztem Gesicht unter der Gepäcksablage hervor, war aber unverletzt und hatte sich sofort wieder im Griff. „Die Lage ist schlimm, aber nicht hoffnungslos.“ Mit diesen Worten schnappte Eric Airomaus zwei Benzinkanister und sagte entschlossen: „Ich werde mit diesen beiden Kanistern losziehen und bei einem Bauernhof um Benzin bitten. Zur Not kann ich das Flugzeug auch mit Benzin als Kraftstoff nach Hause fliegen. Wenn Sokrates zufällig vorbeikommt, kannst du ihn sofort mit Honigkeksen und Wasser versorgen und ihn ins Flugzeug ins Warme lassen. Er wird einen Riesenhunger haben und ziemlich erschöpft und durchgefroren sein. Honigkekse, Wasser und Walderdbeerensaft sind in der Transportkiste, der Heizstrahler und die Schlafsäcke sind im Heck unter den Sitzen verstaut. Sei vorsichtig, denn es gibt hier Wölfe und einen hungrigen Braunbären! Mach bitte niemandem die Tür auf!“ Emily Flymaus nickte nur und machte sich darauf gefasst, eine Nacht alleine im Flugzeug verbringen zu müssen. Mit einem Seufzer setzte sich Eric seine Stirnlampe auf, schnappte die beiden Kanister und drückte mit der Schulter die

Flugzeugtür auf. Eisiger Nordwind schlug ihm entgegen, dicke Schneeflocken wirbelten durch die Luft. Es war ihm nicht wohl dabei, Emily alleine im Flugzeug zurücklassen zu müssen. Aber er hatte keine andere Wahl! Verdrossen stapfte er die verschneite Forststraße entlang und hoffte bald einen Bauernhof zu finden, wo er Benzin kaufen konnte. Das Geld, das er bei sich hatte, sollte seiner Einschätzung nach für zwei Kanister Treibstoff reichen. Still war es hier, die Dunkelheit brach herein und er knipste seine Stirnlampe an. Im schwachen Schein der Lampe sahen die Waldbäume und Berge gespenstisch aus, wie gewaltige Riesen tauchten sie im Lichtkegel seiner Stirnlampe vor ihm auf und er zuckte immer wieder zusammen, wenn sich so ein Riesengespenst vor ihm aufpflanzte. Trotzdem ging er immer weiter und weiter, in jeder Hand einen Kanister, kämpfte er sich durch den Schnee. Endlich tauchte vor ihm ein einsamer Bauernhof auf. In der Stube brannte noch Licht. „Gott sei Dank! Mir scheint, das ist der Huber-Bauer. Der hat sicher genug Benzin auf Lager!“, dachte Eric und atmete erleichtert auf, als er sich dem Bauernhaus näherte.

Emily Flymaus hatte es sich inzwischen – so gut es eben ging – gemütlich gemacht. Der Heizstrahler verbreitete wohlige Wärme im Flugzeuginnenraum und die Honigkekse schmeckten wunderbar. Eben wollte sie sich in ihren Schlafsack kuscheln, da hörte sie ein lautes Klopfen durch die Flugzeugwände. „Bumm, bumm, bumm!", machte es immer wieder - einmal am Heck, dann wieder an den Seitenwänden, auch an der Cockpittür und schließlich am Bug des Flugzeuges. Sie schaltete ihre Stirnlampe an und fast hätte sich Emily an einem Honigkeks verschluckt. Denn als sie angestrengt nach vorne ins Cockpit und durch die Windschutzscheibe nach draußen blickte, bemerkte sie eine riesengroße Gestalt. Sie zog sich den Schlafsack bis über beide Ohren und starrte entsetzt in die fragenden Augen eines zotteligen Braunbären. „Ach, du meine Güte! Ein Bär, da draußen steht ein Bär und klopft ans Fenster. Er wird doch nicht die Scheibe einhauen und da hereinkommen? Was soll ich nur tun?", schoss es ihr durch den Kopf. Der Bär legte den Kopf schief und blickte durch das Fensterglas neugierig ins Innere des Flugzeuges.

„Vielleicht hat er Hunger?“ Emily Flymaus versuchte logisch zu denken. Doch da wurde die Cockpittür aufgerissen und der Bär stand in voller Größe im Cockpit. „Oh Gott! Ich hab´ vergessen, die Tür zu verriegeln!“, durchfuhr es Emily. Aber jetzt war es zu spät. Der riesige Bär richtete sich auf und brüllte fürchterlich. Emily schrie laut auf: „Hilfe! Zu Hilfe! Bitte helft mir doch!“ Sie hielt noch immer die Honigkekse-Packung umklammert. Da platzte die Packung und die Honigkekse schossen wie der Wasserstrahl eines Springbrunnens dem Bären entgegen. Er setzte sich und lehnte sich an die Cockpitwand, dann hob er ein Honigkeks vom Boden auf, schnupperte daran und kostete vorsichtig. „Mmh, mmh, Honig, süßer Honig!“, schmatzte der Bär und grinste zufrieden. Emily wagte kaum zu atmen und rührte sich nicht. Der Bär futterte ein Honigkeks nach dem anderen, dann aber war die Packung leer und er wurde wieder unruhig. Inzwischen war Emily mitsamt ihrem Schlafsack zur Proviantkiste gerobbt und hatte den gesamten Vorrat – zehn Kekspackungen – aus der Kiste geholt. Sie riss eine weitere Packung auf und warf dem Braunbären immer mehr Honigkekse zu, die er sofort laut schmatzend verputzte. Mit den Honigkeksen lockte sie ihn zum Ausgang. Der Bär stand schon in der sperrangelweit offenen Tür und wartete auf weitere süße Honigkekse. Emily bibberte vor Kälte, denn eisiger Wind fegte durch die offene Tür in das Innere des Flugzeuges und dicke Schneeflocken wirbelten ins Cockpit. Was würde sein, wenn ihr die Honigkekse ausgingen? Das

wollte sie sich lieber nicht vorstellen! Jetzt warf die tapfere Flymaus die Honigkekse durch die offene

Tür ins Freie, um den Bären hinaus zu locken, doch der Bär zögerte und blieb vorerst noch wie angewurzelt stehen. Von den zehn Honigkekspackungen war nur mehr eine einzige übriggeblieben. Verzweifelt riss Emily nun auch die letzte Packung auf. Es musste klappen! Wie ein Indianer schlich sie sich in die Nähe der Tür, hinter den Bären, und warf in hohem Bogen ein Keks nach dem anderen nach draußen in den Schnee. Der Bär machte aber keine Anstalten, endlich abzuziehen und drehte sich ganz langsam – wie in Zeitlupe - nach Emily um. Zitternd wie Espenlaub hielt sie ihm ein Honigkeks unter die Nase und flüsterte: „Da schau her, lieber Bär! Honig, süßer Honig, nur für dich!“ Der Bär schnupperte am Keks und grinste, Emily legte ihm zwei Kekse hin. „Schwupp!“ – und weg waren sie. Der Bär wollte mit seinen riesigen Pranken nach der Schachtel mit den Keksen greifen. Doch Emily war schneller und warf gleich die ganze Packung aus dem Flugzeug. Sofort machte der Bär einen Satz hinaus und landete direkt neben den Keksen im meterhohen Schnee. Bevor er sich noch aufrappeln konnte, drückte Emily aber schon die Flugzeugtür zu und verriegelte sie blitzschnell. „Gerettet!“, dachte sie erleichtert. Von draußen her hörte sie noch eine Weile dem Bären zu, der zuerst geräuschvoll die Honigkekse schnabulierte und anschließend langsam wieder zurück in den Wald trottete. „Buh, das war aber knapp!“, flüsterte Emily, noch immer atemlos vor lauter Angst, rollte sich wie ein Igel in ihren Schlafsack ein und versuchte zu schlafen. Doch sie konnte einfach nicht einschlafen, denn sie machte sich Sorgen um Eric, der ganz alleine im finsteren Wald unterwegs war. Es war nicht auszudenken, was geschehen würde, wenn er dem hungrigen Braunbären begegnen würde. Eric hatte keine Honigkekse mit, um den Bären zu beruhigen oder wegzulocken. Sie begann leise zu weinen und weinte sich schließlich in den Schlaf.

Währenddessen hatte Eric Airomaus den Hof des Huber-Bauern erreicht und klopfte mit aller Kraft an die klobige Holztür. Der Huber-Bauer öffnete verschlafen die Tür. Er war schon im Nachthemd und hatte eine altmodische Schlafmütze auf. „Jo, griaß di, Eric! Wos mochst du denn do? Und warum weckst d´ mi mitten in da Nocht auf? Wos is´n los?“

(„Ja, grüß dich, Eric! Was machst du denn da? Und warum weckst

du mich mitten in der Nacht auf? Was ist denn los?") Eric hielt ihm die beiden Kanister entgegen und erzählte, was passiert war. „Jetzt muass i a nu raus in die Kälte! No, do hob i oba a Freid! A so ein Schlamassel! Kumm, gemma in die Garage, do hob i ´s Benzin." *(„Jetzt muss ich auch noch raus in die Kälte! Na, da hab´ ich aber eine Freude! So ein Schlamassel! Komm, gehen wir in die Garage, da habe ich das Benzin.")* Der Huber-Bauer zog sich zum Nachthemd die Gummistiefel an und stapfte – auf Kälte, Schnee und Eis schimpfend - durch den tiefen Schnee Richtung Garage. Eric folgte ihm und richtete sich das Geld für den Treibstoff her. Der Bauer befüllte die beiden Kanister, zählte zufrieden das Geld und verschwand wieder in der warmen Bauernstube. „Uff, die Kanister sind aber schwer! Der Weg zurück zum Flugzeug wird sich ganz schön ziehen!", stöhnte Eric Airomaus. Es war inzwischen weit nach Mitternacht geworden und die Forststraße lag im fahlen Mondlicht wie eine endlose Autobahn vor ihm. Er dachte an Emily, hoffentlich hatte sie nicht vergessen, die Flugzeugtür zu verriegeln! Es gab hier einen besonders hungrigen Braunbären und Wölfe waren keine Seltenheit in dieser Gegend. Eric

Airomaus beschleunigte seine Schritte, er wollte so schnell wie möglich zum Flugzeug und zu Emily Flymaus zurück. Außerdem war ihm diese Gegend nicht ganz geheuer, hier im tiefsten Wald, in den Bergen, in stockdunkler Nacht. Er zuckte zusammen – ein Eulenschrei! Im nächsten Moment flatterte ein Fasan vor ihm auf und er wäre fast in Ohnmacht gefallen. Krampfhaft hielt er seine beiden Benzinkanister fest und marschierte stur weiter. Er versuchte, möglichst nicht nach links oder rechts zu schauen, nur stur geradeaus wollte er schauen. Doch dann plötzlich - wie dem Nichts entsprungen - funkelten ihm aus dem dichten Dornengestrüpp am Wegesrand zwei Augen entgegen, die wie Lavasteine in den grellsten Orangetönen glühten und glosten. Eric ließ beide Kanister in den Schnee fallen und wollte Reißaus nehmen, doch er blieb nur wie angewurzelt stehen und starrte wie hypnotisiert in diese glühenden Lavastein-Augen. „Was ist denn das für ein Gespenst? - Huch, das ist ja gar kein Gespenst! Das ist ein - ausgewachsener Wolf!!!“, dachte er und war wie gelähmt vor Schreck. „Halt, du Wicht, bleib stehen! Hier spricht der große Wolf! Was willst du hier in meinem Wald?“ Eric Airomaus traute seinen Ohren nicht: Der Wolf konnte sprechen! „In Mausburgen glaubt mir das sicher keiner! Die erklären mich alle glatt für verrückt, wenn ich das erzähle. Fraglich bleibt allerdings, ob ich überhaupt noch zum Erzählen komme. Dieses Ungeheuer wird mich sicher mit Haut und Haar auffressen!“, dachte Eric und suchte instinktiv nach einer Fluchtmöglichkeit. Der Wolf knurrte bedrohlich, spannte jede einzelne Faser seiner Muskeln an und sprang mit einem Riesensatz aus den Dornen in die Mitte der Forststraße. Eric Airomaus und der Wolf standen sich nun Auge in Auge gegenüber. „Ich bin nur auf der Durchreise nach Mausburgen. Mir ist der Treibstoff für mein Flugzeug ausgegangen und ich musste hier notlanden. Nun habe ich Benzin besorgt und mache mich ohne Verzögerung sofort auf den Rückweg. Verzeihen Sie, Herr Wolf, dass ich ihr Revier betreten habe! Das wird sicher nicht wieder vorkommen, ganz sicher nicht!“, stotterte Eric und zitterte dabei wie eine abgeschossene Flipperkugel. „Das will ich hoffen! In letzter Zeit kommen hier viele aus Mausburgen vorbei. Heute Morgen erst haben wir einen kleinen

Hund aufgelesen hier in den Bergen. Er sagt, er käme auch aus Mausburgen. Das gefällt mir gar nicht!“, knurrte der Wolf. Eric nahm all seinen Mut zusammen und fragte mit schwacher Piepsstimme: „Wie heißt denn der Hund?“ Der Wolf antwortete donnernd: „Geht-dich-nichts-an“! „Oh, nichts für ungut, Herr Wolf! Ich wollte ja nur den Namen wissen, weil ich diesen kleinen Hund vielleicht kenne, denn er kommt ja auch aus Mausburgen. Das sagten Sie doch soeben, oder? Ich suche nämlich einen kleinen Hund mit weißem Fell, er muss sich hier in der Gegend verlaufen haben?“, flüsterte Eric Airomaus, der sich erst an die Donnerstimme des Wolfes gewöhnen musste. „Wollen Sie mir nicht doch verraten, wie der Hund, dem Sie begegnet sind, geheißen hat?“ Der Wolf knurrte: „Geht-dich-nichts-an! - Sag mal, Winzling, bist du taub oder hast du Watte in den Ohren?“ - Eric dachte: „Na, das sind vielleicht Manieren! Der glaubt ja, er kann sich alles erlauben, so ein arroganter Typ, nicht zu fassen!“ Dem Wolf entgegnete er übertrieben höflich: „Gut, ich verstehe, geht mich halt nichts an! Der Hund, den ich suche, heißt übrigens Sokrates.“ - „Geht-dich-nichts-an“, nicht

„Geht-mich-halt-nichts-an", du Dummkopf!", gab der Wolf ungeduldig zurück. Eric Airomaus schüttelte verständnislos den Kopf und wollte sich endlich verabschieden, denn so nett und kuschelig war das Gespräch mit einem zähnefletschenden Wolf nun auch wieder nicht. „Er heißt aber auch Sokrates, das dürfte sein zweiter Name sein, neben „Geht-dich-nichts-an", fügte der Wolf nun schon etwas gelangweilt hinzu. Da wurde Eric Airomaus hellhörig. „Sokrates! Sokrates ist hier?", rief er aufgeregt. „Er schnarcht in meiner Höhle, dieser Wicht, und sägt dabei einen ganzen Tannenwald um." - Der Wolf schien über diesen Umstand alles andere als erfreut zu sein und rümpfte seine Spürnase. „Wir haben Sokrates schon überall gesucht. Ist Ihre Höhle sehr weit weg? Kann ich Sokrates dort abholen, Herr Wolf!" „Nein, natürlich nicht! Niemand darf jemals den Weg zu meiner Höhle wissen! Das ist absolut geheim! Doch geh zu deinem Flugzeug und schlaf dich aus bis morgen früh! Ich werde „Geht-dich-nichts-an" bei Sonnenaufgang zu deinem Flugzeug bringen. Den Weg kenne ich, deine Landung ist mir nicht verborgen geblieben. Schließlich ist das mein

Revier!“, sprach der Wolf und war plötzlich wieder von der Bildfläche verschwunden. Eric zwickte sich in den linken Oberarm, denn er glaubte, alles nur geträumt zu haben. Dann lief er so schnell, wie er mit den beiden schweren Benzinkanistern nur laufen konnte zur Lichtung. Keuchend stellte er die Kanister vor dem Flugzeug ab und trommelte an die Cockpittür. Emily Flymaus schreckte aus dem Schlaf hoch, verkroch sich aber gleich wieder in ihren Schlafsack vor lauter Angst. „Der Bär, der Bär ist wieder da! Was soll ich nur tun?“, dachte sie entsetzt. Da erblickte sie auf dem Flugzeugboden noch ein letztes Honigkeks. Würde ein Honigkeks reichen, um den Bären abzuwehren? Sie musste es versuchen. „Der hungrige Bär schlägt sonst noch die Tür ein!“, überlegte sie. Vorsichtig entriegelte sie die Tür, schloss fest die Augen, machte einen ganz kleinen Spaltbreit die Tür auf und rieb dem vermeintlichen Bären das Honigkeks unter die Nase. „Emily, was soll das? Warum schmierst du mir ein Keks ins Gesicht?“, fragte Eric Airomaus erstaunt und wischte sich die Keksbrösel und den klebrigen Honig von der Nase. „Eric! Gott sei Dank, du bist es! Ich dachte schon, der Bär wäre wieder zurückgekommen!" „Was, der gefräßige Braunbär war da? Das darf doch nicht wahr sein!" „Ja, das war ziemlich knapp!" Und sie erzählte Eric die ganze Geschichte. Er konnte es kaum glauben, wie tapfer sie gewesen war. Von der Begegnung mit dem Wolf sagte er ihr aber lieber nichts, denn sie hätte es ihm ohnehin nicht geglaubt. Außerdem war er zum Umfallen müde und wollte nur mehr in seinen Schlafsack kriechen und schlafen, schlafen, schlafen. Die beiden fanden noch eine Tafel Schokolade in Emilys Anoraktasche und ein Packerl mit kaltem Kakao. Sie teilten sich die Schokolade und den Kakao und es schmeckte ihnen sehr gut. Dann schlüpften sie in ihre Schlafsäcke und schliefen sofort ein.

Bei Sonnenaufgang wurde Emily Flymaus von einem fröhlichen Bellen und einem emsigen Kratzen an der Flugzeugtür geweckt. Sie öffnete schlaftrunken die Tür und Sokrates sprang ihr voller Freude entgegen. Er freute sich so sehr, dass er sie fast umgeworfen hätte und führte wilde Freudentänze auf. Eric Airomaus tankte das Flugzeug mit dem Benzin vom Huber-Bauern auf und flog auf der schnellsten

Route nach Hause. Von seiner Begegnung mit dem großen Wolf aber erzählte er niemandem etwas in Mausburgen, denn sonst hätten sie ihn vermutlich für verrückt erklärt. Nicht einmal Emily Flymaus weihte er jemals in dieses Geheimnis ein.

Ende

der zweiten phantastischen Geschichte

Die dritte phantastische Geschichte

Das große Wettfliegen – Flug gegen die Zeit

1. Eine verrückte Idee

Eric Airomaus trat vor sein Haus auf die Holzterrasse und blinzelte in den morgendlichen Sonnenschein. In der Hand hielt er ein Häferl mit Kakao, nahm einen großen Schluck und betrachtete fasziniert den atemberaubend schönen Sonnenaufgang über Mausburgen. Die Frühlingssonne kletterte gerade den Horizont hinauf und tauchte die Landschaft in ein weiches, hauchzartes Licht. Überall blinkte ihm ein sanftes Himmelblau entgegen, dazwischen glitzerten rosarote, verwaschene Wölkchen mit violetten Farbtupfern. „Aah, was für ein wunderschöner, friedlicher und stiller Morgen!“, dachte er zufrieden. - „Eric, hallo Eric! Hast schon die neuesten Mausburgener Nachrichten gelesen? Nein? Du glaubst es nicht, wenn du das liest! Hach, du wirst es nicht glauben!“ Aus war es mit der Stille. Emily Flymaus – so wie sie leibt und lebt - war auf der Bildfläche erschienen. Mit zerzausten, orangeroten Haaren, die Mausburgener Nachrichten in einer Hand schwingend, stürmte sie die Holztreppen zu Erics Holzveranda hinauf. Dann bremste sie sich abrupt ein und hielt ihm die Zeitung unter die Nase. „Da, lies! Hier steht es schwarz auf weiß! Der weltberühmte Langstreckenflieger Jimmy Luftikus, weltbeste Flugratte im Langstreckenflug, kommt nach Mausburgen! Ist das nicht großartig, Eric? Na, sag schon was!“ Eric kratzte sich am Hinterkopf und betrachtete das Titelbild der Mausburgener Nachrichten. Jimmy Luftikus lachte vom Titelblatt: Er war in Siegerpose abgebildet, einen Pokal in Händen und umjubelt von einer begeisterten Menschenmenge stand er vor seinem gold- und silbergestreiften Turbinenmortorflieger, winkte seinen Fans huldvoll zu und lächelte freundlich in das Blitzlichtgewitter der Kameras der Pressefotografen. „So ein eitler, aufgeblasener Protz!“, dachte Eric bei sich. Zu Emily aber sagte er laut: „Ja, ganz toller Kerl, tollkühn und ein Abenteurer durch und durch! Einmal bin ich ihm auf dem Mausburgener Flugplatz begegnet. Da war er gerade auf der Durchreise nach Paris und ist bei uns hier zwischengelandet. Er soll ein richtiger Draufgänger sein. - Willst du auch einen kalten Kakao?“ Doch Emily hörte ihn nicht. Gedankenverloren blickte sie verliebt auf das Titelbild der Mausburgener Nachrichten, das Jimmy Luftikus zeigte. „Hallo, ich hab´ dich was gefragt! Möchtest du auch einen KAKAO?“, brüllte Eric Airomaus in voller Lautstärke. „Ja, bitte! Schrei doch nicht so! Ich bin ja nicht schwerhörig“, regte sich die kleine Flymaus auf. Sie warf Eric einen verärgerten Blick zu und wandte sich sofort wieder der eingehenden Betrachtung des Fotos des Flugstars zu. Während Eric Airomaus leicht gekränkt den Kakao aus dem Kühlschrank holte, las sie ihm laut aus der Zeitung vor:

Das große Wettfliegen - Flug gegen die Zeit

Kommendes Wochenende wird Mausburgen ganz im Zeichen des weltberühmten Wettfliegens rund um das „Kap der wilden Stürme“ stehen. Die weltbesten Piloten, wie zum Beispiel Jimmy Luftikus oder Johnny Rabbit, werden sich hierzulande einfinden, um das gefährliche Kap zu umrunden. Wie jedes

Jahr geht es um den goldenen Pokal von Mausburgen und eine Menge Geld. Dem Sieger winken 100.000 Mausburgische Sternentaler. Für dieses Wettfliegen ist jedoch eine gefährliche Flugstrecke von 1000 Meilen zu bewältigen. Der Dreieckskurs startet auf dem Mausburgener Flugplatz. Erstes Zwischenziel ist die entlegene, geheimnisvolle Möweninsel, auf der die Teilnehmer zwischenlanden und die magische Möweninselblume namens „Hope" pflücken müssen. Diesen wunderschönen, purpurroten, zartblättrigen Blumen sagt man wundersame Heilkräfte nach. Für die Teilnehmer wird es sehr schwierig werden, diese seltenen Blumen zu finden. Ein atemberaubend spannender Wettlauf gegen die Zeit steht uns bevor! Von der Möweninsel geht es weiter zum „Kap der wilden Stürme". Dieses Kap wird den Piloten all ihr Können abverlangen, wenn sie dort den von tosenden Brandungswellen umspülten Leuchtturm umfliegen müssen! Nur wenige haben es bisher geschafft, denn die Stürme am „Kap der wilden Stürme" sind schrecklich und toben bei Tag und bei Nacht. Das große Wettfliegen endet schließlich wieder auf dem Mausburgener Flughafen, wo nach der Siegerehrung ein grandioses Flugfest mit riesigem Käse- und Speckbuffet stattfindet. Das Nenngeld für dieses Wettfliegen beträgt 100

Mausburgische Sternentaler und ist vor Beginn des Wettfliegens im Büro der Veranstaltungsleitung zu bezahlen. Der spektakuläre Start findet kommenden Samstag, pünktlich um 12:00 Uhr, statt und wird live im Mausburgener Fernsehen übertragen. Nennschluss ist Samstag, 10:00 Uhr.“

Eric Airomaus reichte Emily das Häferl mit dem Kakao und meinte: „100 Sternentaler! Das ist aber ganz schön geschmalzen!“ Emily verzog das Gesicht. „Was sind schon 100 Sternentaler? Es wäre doch gelacht, wenn wir das Nenngeld nicht auftreiben könnten!“, schnaubte sie. Eric wurde hellhörig und fragte vorsichtig nach: „Was meinst du damit? Ich nehme sicher nicht an diesem verrückten Wettfliegen teil! Das kannst du dir gleich aus dem Kopf schlagen! Was sollen wir zwei

ausrichten gegen die berühmte Flugratte Jimmy Luftikus oder den Hochgeschwindigkeits-Feldhasen Johnny Rabbit. Diese Typen sind mit allen Wassern der Flugkunst gewaschen, denn sie fliegen die ganze Zeit in der Weltgeschichte herum und tun nichts anderes. Unsereins muss obendrein auch noch in die Schule gehen und Hausübungen machen und für die Schularbeiten büffeln und den Müll runtertragen und das eigene Zimmer aufräumen und…und...und. Wir haben nicht die Übung, die die beiden haben. Und hast du dir schon einmal überlegt, was es heißt, 1000 Meilen durchzufliegen, auf der verwilderten Insel zu landen und dann noch den gruseligen Leuchtturm am „Kap der wilden Stürme“ mit dem Flugzeug zu umkreisen. Du fliegst einen Tag und eine Nacht, das heißt, du musst eine ganze Nacht durchwachen! Die Sache ist uns um mindestens zehn Nummern zu groß! Emily, bitte sei vernünftig!“ Sie sah ihn trotzig an und öffnete wortlos ihren Rucksack. Etwas umständlich zog sie ein dickes, rosarotes Sparschwein heraus und verlangte mit Grabesstimme nach einem Hammer. Eric Airomaus reichte ihr das Gewünschte, sie ergriff den Hammer, holte mit geschlossenen Augen weit aus, zielte auf das niedliche Ding - und - „Krach!“ - zerschellte das rosarote Porzellanschweinchen in tausend Stücke. „Emily, bist du verrückt geworden? Das kannst du doch nicht machen!“, rief Eric fassungslos. „Doch, kann ich! Hast du ja gerade gesehen“, antwortete sie trocken. Seelenruhig begann sie das Geld zu zählen. „Oje, das ist leider nicht genug! Das sind nur 49 Mausburgische Sternentaler!“, jammerte sie. Im nächsten Moment liefen auch schon Tränen über Emilys Wangen und sie begann bitterlich zu weinen. Eric konnte das nicht mitansehen. Er ging zu seinem Kleiderkasten und öffnete sein Geheimfach. In einer kleinen Schatzkiste befand sich sein gesamtes Barvermögen. Er zählte 51 Sternentaler. Schlagartig erhellte sich Emilys Miene. „Na bitte, das sind ja zusammen genau 100 Sternentaler. Wir haben das Nenngeld beisammen, juchhu! Ist das nicht wunder-

bar?“, jubelte sie und fiel Eric um den Hals. Seufzend legte er sein Geld hin und sprach: „Also gut, wir fliegen! Aber es ist und bleibt eine verrückte Idee!

2. Zwei Spione und ein Schokocroissant

Noch in der Nacht stapfte Eric Airomaus zur Scheune, drückte das riesige Scheunentor auf, das knarrend aufsprang, und schaltete das Flutlicht ein. Im Scheinwerferlicht erstrahlte sein kleines, rotes Flugzeug. Wie viele Abenteuer hatte er schon mit dieser Propellermaschine bestanden und wie viele Bruchlandungen hatte er wie durch ein Wunder überlebt? Und jetzt dieses verrückte Wettfliegen! Er tätschelte das Flugzeug wie ein braves Pferd, kletterte mit Schwung ins Cockpit und kramte den Werkzeugkoffer unter seinem Sitz hervor. Ihm blieb nur noch diese Nacht für einen gründlichen Sicherheitscheck seines Flugzeuges. Schließlich hatte er als Pilot die gesamte Verantwortung. Und schon morgen, zwölf Uhr, würden sie am Start stehen! Er mochte noch gar nicht daran denken. Seufzend ging er die Checkliste durch und prüfte jedes Rädchen und jedes Schräubchen an der Maschine. Am Schluss checkte er noch die Propeller, das Räderwerk und den Tank. Die Maschine war vollgetankt, Schlafsäcke, Decken, Schokoladenkekse, Wasser und Walderdbeerensaft, alles da. Ächzend schleppte er für alle Fälle noch fünf Reservekanister mit Treibstoff ins Flugzeug. Weit nach Mitternacht war es nun schon geworden. Eric war zum Umfallen müde und wollte nur mehr schlafen. „Na, alles okay, mit deinem Flieger?“, schnarrte es hinter Erics Rücken. Er fuhr herum. - Jimmy Luftikus lehnte lässig am Scheunentor und betrachtete interessiert Erics Flugzeug. „Was hast du hier zu suchen?“, zischte Eric Airomaus. „Nichts, nichts! Reg dich nicht auf! Schlafstörungen, ich habe Schlafstörungen und konnte einfach nicht einschlafen. Da wollte ich mir nur noch ein wenig die Beine vertreten und bin zufällig hier vorbeigekommen. Sehr nette Maschine, gratuliere!“, plauderte Jimmy ganz zwanglos weiter. „Es ist spät geworden. Ich muss dringend schlafen, und das solltest du auch tun.“ Mit diesen Worten schob Eric den weltberühmten Luftikus aus der Scheune und versperrte das Scheunentor gleich zweimal. „Sicher ist sicher! Wer weiß, was dem einfällt!“, dachte Eric. Jimmy musste klein beigeben, verabschiedete sich umständlich, winkte nochmals mit seiner knallorange-weiß karierten Pudelmütze und ging endlich seines Weges. „Uff, der hat mir gerade noch gefehlt, dieser Angeber! Jetzt ist er weg – Gott sei Dank!“ Eric atmete erleichtert auf, doch da fiel ihm plötzlich ein Schatten mit Schnurrbart, schlaksiger Hasenfigur und riesigen Hasenohren auf. Der mysteriöse Schattenumriss schlich wie ein Indianer die weiß getünchte Holzwand des Hauses entlang und verschwand schließlich spurlos, mittels eines einzigen „siebenmeilenstiefelverdächtigen“ Riesenschrittes, hinter dem Airomausischen Haus. „Also, ich hätte schwören können, dass das Johnny Rabbits Schattenumriss gewesen ist. Diese Riesenhasen-Schlabberohren und dieser eingedrehte Schnurrbart – das kann nur Johnny, der Feldhase, gewesen sein! Vor allem diese Schlabberohren – in der Flugszene heißt es, dass er seine Löffelohren bei günstigem Wind als Ballonsegel verwendet. Dadurch sei er unschlagbar. Aber keine Rennleitung der Welt hat ihm das je nachweisen können. Nun ja, soll er doch, mir egal, seine Segelohren. Aber wenn ich ihn einmal erwische, dann ziehe ich ihm seine Löffel lang! Ganz sicher!“, ging es Eric durch den

Kopf, während er hundemüde die Haustür aufsperrte. Mit letzter Kraft schlurfte er in sein Zimmer, fiel mitsamt seinen Klamotten ins Bett und sank in einen tiefen Schlaf.

„Eric, Eric!!! Bitte wach auf! Wir versäumen sonst noch den Start für das „große Wettfliegen“! Es ist halb zehn Uhr morgens und wir müssen auch noch das Nenngeld einzahlen!“ Emily stand händeringend in Erics Zimmer und ging nervös auf und ab. Ihre Stimme hatte schon alarmanlagenmäßige Lautstärke angenommen, doch Eric Airomaus rührte sich noch immer nicht und schnarchte friedlich weiter. „Ich habe für dich frische SCHOKOCROISSANTS vom Bäcker mitgenommen!“, posaunte sie ihm ins Ohr, obwohl das natürlich überhaupt nicht stimmte. Die Schlafmütze unter der Bettdecke war mit einem Male hellwach, sprang mit einem Satz aus den Federn und blickte sich suchend um: „Was, echt, wo, gib her, mmh! Die schmecken immer so sensationell gut! Ich liebe Schokocroissants!“ Die Flymaus hatte aber – wie bereits erwähnt - natürlich keine Croissants. „Es gibt keine Croissants, leider. Keine Zeit mehr für Frühstück! Es ist halb zehn! Wir müssen sofort los, wenn wir den Start nicht verpassen wollen. Außerdem müssen wir noch ins Büro der Veranstaltungsleitung und das Nenngeld bezahlen“, drängte sie. „Ach, du lieber Himmel! Schon halb zehn? Aber vorher muss ich trotzdem noch zum Bäcker – ich fliege nicht ohne meine Schokocroissants!“ Nach einem blitzartigen Zwischenstopp beim Bäcker - wegen der Croissants, rannten die beiden in rekordverdächtiger Geschwindigkeit zur Scheune, schoben das Flugzeug ins Freie, warfen sich ins Cockpit und flogen in Windeseile zum Mausburgener Flughafen. Sieben Minuten vor zehn Uhr landeten sie auf dem Flughafen, bekamen einen Parkplatz zugewiesen, verließen fluchtartig die Maschine und eilten im Sauseschritt ins Büro. Nachdem sie die 100 Mausburgischen Sternentaler auf den Tisch gelegt hatten, erhielten sie die **Startnummer 7**, eine ausführliche Beschreibung der Flugstrecke und die lange Liste der Wettbewerbsbestimmungen. „Buh, das hätten wir geschafft!“, ächzte Emily Flymaus und eilte zurück zum Flugzeug, um die Route in Ruhe zu studieren.

3. Auf dem Flugplatz

Eric Airomaus vertrat sich inzwischen die Beine. Er suchte ein nettes Plätzchen, wo er in Ruhe sein Schokocroissant schnabulieren konnte. Auf dem Flugplatz war schon mächtig viel los. Alle Mausburgener hatten sich im Zuschauerbereich versammelt. Von Reportern und Fernsehleuten flankiert, traf soeben der Bürgermeister ein und bereitete sich auf seine Rede vor. Die Krähen-Jazzband „Rockabilly & Friends“ war gerade beim Soundcheck. Es roch nach Cheeseburger, gebratenem Speck und Zuckerwatte. Eric mischte sich in das bunte Treiben, fand schließlich etwas abseits ein halbwegs ruhiges Plätzchen auf einer Bierkiste vor dem Verkaufsstand der Mausburgener Bierbrauerei und wollte gerade herzhaft und genüsslich in sein Schokocroissant beißen, als ihm beim Anblick seiner Konkurrenten der Bissen beinahe im Halse stecken blieb: Da gab die **Flugratte Jimmy Luftikus** (Startnummer 1) mit schicker, knallorange-weiß karierter Wollmütze noch schnell vor dem Start ein Interview – (keine Spur von Nervosität war diesem Luftikus anzumerken). Links von ihm stand der **Hochgeschwindigkeits-**

Feldhase Johnny Rabbit (Startnummer 2) mit halbgeschlossenen Augenlidern schläfrig in der Gegend herum und schien sich zu langweilen. Auch die **Brüder Eduardo und Romeo Sleepy** (Startnummer 3) waren zu sehen. Bei den Sleepy Brothers handelte es sich um **zwei Murmeltiere** in blauen Latzhosen. Sie unterhielten sich angeregt mit den „Flying Sisters". Die **„Flying Sisters"** (Startnummer 4) hießen mit Vornamen Lilly und Milly und waren zwei äußerst charmante und wirklich sehr nette **Flughörnchen**. Sie sahen entzückend aus, in ihren schwarz-rosa-weiß geringelten Flugoveralls. Erics Panoramablick schweifte weiter und fiel mit Schrecken auf ein metallic-silbern glänzendes Flugzeug mit dem goldfarbenen Schriftzug **„Skunky, der Bruchpilot"** (Startnummer 5). „Ach, du meine Güte, Skunky, das Stinktier, ist auch mit von der Partie", stellte er leicht beunruhigt fest und kaute unwillkürlich etwas langsamer an seinem Croissant. Schließlich lief ihm auch noch die elegante **Stadtmaus Vivienne** (Startnummer 6) ins Bild. Sie spazierte soeben in weitem Bogen an Skunky vorbei, der gerade seine Stinksalven in Richtung Bürgermeister-Rednerpult versprühte.

Genau in dieser Sekunde setzte der Bürgermeister zur Begrüßungsrede an. Die Kameras der Fernsehreporter filmten hingerissen die gerümpfte Nase des Bürgermeisters. Dieser warf Skunky noch einen vorwurfsvollen Blick zu und fiel dann aufgrund des Gestanks vor laufender Kamera in Ohnmacht. Sogleich begann die Rockabilly-Bigband, 20 Krähen-stark, zu musizieren und spielte auf, was das Zeug hielt. „Keine Ahnung vom Fliegen, diese Mausburgener, aber das „große Wettfliegen“ in solch lächerlichen Klapperkisten veranstalten! Die haben ja nicht alle Tassen im Schrank!“, dachte grimmig die elegante, schwarzblaue Krähe „Rockabilly“, Chefdirigent und Bandleader, und grinste dabei in die Kameras des Mausburgener Fernsehens.

Eric Airomaus hatte genug gesehen. Es war jetzt 11:30 Uhr! Höchste Zeit also, um sich auf den Start vorzubereiten. Er musste schleunigst wieder zurück zum Flugzeug und mit Emily die Route besprechen. Für ihn war klar, dass sie in der Zwischenzeit die Flugroute bereits gründlich studiert hatte und bei Bedarf auch auswendig hersagen konnte. Da war Emily einsame Spitze und er konnte sich in diesen Dingen immer voll und ganz auf sie verlassen! Aufgeregt kam sie ihm auch schon entgegen. Emily wirkte ein wenig aufgelöst und ihr Bericht war nicht gerade ermutigend. „Die Flugstrecke ist ein Wahnsinn! Das können wir schlicht und ergreifend vergessen! Sie sagen Sturmböen und starken Regen an. Niemand, aber auch wirklich niemand, kann das „Kap der wilden Stürme“ bei einem solchen Wetter überfliegen! Die Rennleitung müsste das „große Wettfliegen“ eigentlich absagen, denn die ärgsten Stürme werden spätestens morgen Mausburgen erreicht haben und dann wird es sich hier gewaltig abspielen. Das kannst du mir glauben!“, stellte sie leicht genervt fest. Erics Stirn legte sich in tiefe Sorgenfalten und er seufzte schwer. Worauf hatten sie sich da nur eingelassen?

4. Der Flug gegen die Zeit beginnt

Doch jetzt gab es kein Zurück mehr. Schon dröhnte eine aufgeregte Reporterstimme durch den Lautsprecher: „Achtung, Achtung! In zehn Minuten startet das große Wettfliegen! Bitte alle Teilnehmer an den Start! Die einzelnen Starts erfolgen in Abständen von jeweils fünf Minuten! Der Flug gegen die Zeit beginnt!“ Eric Airomaus und Emily Flymaus zögerten kurz, dann aber kletterten sie schnell ins Flugzeug. „Na, dann mal los! Das kann ja was werden!“, knurrte Eric, während er sich in den Pilotensitz warf und alles für den Start vorbereitete. - Die Starterlaubnis kam über Funk, Rollfeld Nummer acht. Langsam rollten sie zum Startplatz. „Irgendwas scheppert da unten im Räderwerk und das Flugzeug lässt sich nur sehr schwer steuern. Was ist denn das nur wieder? Ich hab´ doch jede einzelne Schraube gestern Nacht noch nachgeprüft. Kannst du dir das vielleicht erklären?“, wandte er sich fragend an Emily, die gerade dabei war, die gesamte Flugroute auszuarbeiten und immer wieder in Gedanken durchzugehen. „Keine Ahnung, es hört sich jedenfalls nicht gut an“, stellte nun auch sie besorgt fest. „Ten, nine, eight, seven, six, five, four, three, two, one - GO!“ Eric betätigte einige Schalter, legte den Starthebel um, sie brausten los und dann waren sie auch schon in der Luft. Doch kaum wollte Eric die Räder mittels Knopfdruck einziehen, vernahmen sie ein unangenehmes Klirren und Knirschen vom Räderwerk her. Emily konnte nur mehr zusehen, wie sich eines der hinteren Räder löste und zurück auf die Erde nach Mausburgen sauste. „Oje, das war jetzt eines unserer Räder am Heck. Das kann ja heiter werden, wenn wir auf der Möweninsel landen. Wie soll ich bitte mit nur zwei Rädern eine halbwegs anständige Landung zusammenbringen? Wir fallen um wie ein Stück Holz!“, grollte Eric. „Ich möchte wissen, wer an meinem Flugzeug herumgeschraubt hat. Das war sicher diese Flugratte Jimmy Luftikus. Na warte, Freundchen!“, fügte er grimmig hinzu. Da zog auch schon Jimmy (Startnummer 1) mit seinem funkelnagelneuen Turbinenmotorflieger an ihnen vorüber. „Hallööööchen, ihr beiden! Habt ihr da nicht gerade was verloren?“ Sprach´s und gab ordentlich Gas, sein Schal wehte und flatterte lustig im Wind. Und bald schon leuchtete seine knallorange-weiß karierte Pudelmütze in weiter Entfernung nur mehr als winziges Pünktchen am Horizont. Eric Airomaus biss die Zähne zusammen und gab ebenfalls Gas, während Emily angestrengt in ihre Landkarte blickte und verzweifelt nach einem geeigneten Landeplatz auf der Möweninsel suchte. Möglichst flach und mit Moos gepolstert sollte dieser Landeplatz sein, damit das Flugzeug nicht gleich komplett kaputt ging, wenn es dann bei der Landung zur Seite kippte. Sie hatten immer ein Reserverad mit, das wusste sie, aber mit der Reparatur und Montage würden sie enorm viel Zeit verlieren. Da begann zu allem Überfluss auch noch der Motor zu stottern, als hätte er einen Bronchialkatarrh. „Was ist das jetzt wieder!“, rief Emily erschrocken. „Das Benzin geht zur Neige. Nichts anderes habe ich erwartet! Da war wohl jemand am Treibstofftank in der vergangenen Nacht. Das Flugzeug war nämlich bis oben hin vollgetankt, und zwar von mir höchstpersönlich. Ich sage nur: Johnny Rabbit, dieser Hasenfuß!“, wetterte Eric und fixierte die Treibstoffanzeige, die bereits auf Reserve stand. Da knatterte Johnny Rabbit mit seinem Motorsegelflieger an ihnen vorbei. „Hallo, ihr Lieben! Man sieht sich auf der Möweninsel! Tschüühüs!“, brüllte Johnny Rabbit (Startnummer 2) gegen den Wind und flog mit einem breiten Grinsen im Gesicht an ihnen vorbei. Im Vorbeifliegen winkte er ihnen auch noch mit einem riesigen, geblümten Taschentuch zu. Dann zogen nach der Reihe alle Teilnehmer an ihnen vorüber: Die verschlafenen Sleepy-Brothers (Startnummer 3) und die beiden schicken Flying-Sisters (Startnummer 4) ratterten im Konvoi daher. Das Stinktier Skunky (Startnummer 5) saß im elegant schwarz-weiß gestreiften Fluganzug im Cockpit, überholte ebenfalls mühelos Erics trudelnde Propellermaschine und verströmte dabei stoßweise in regelmäßigen Abständen weiße Stinkwölkchen. Die Stadtmaus Vivienne (Startnummer 6) bildete das Schlusslicht der Truppe, weil sie etwas verspätet zum Start gekommen war. Sie hatte sich nicht und nicht zwischen dem rot-weiß getupften und dem rot-schwarz getupften Kleid entscheiden können. Im rot-weiß getupften Outfit sah sie aus wie ein Fliegenpilz, im rot-schwarz getupften Kleid kam sie sich wie ein Marienkäfer vor. Die Wahl war schließlich auf ein einfärbiges Kleid in Walderdbeerenrot gefallen. Nun war sie wild entschlossen, sich wieder an die Spitze zu kämpfen. Erics Flugzeug würdigte sie dabei keines Blickes. Beinahe hätte sie die Maschine mit dem linken Flügel ihres Flugzeuges gestreift, wäre Eric Airomaus nicht blitzschnell ausgewichen. Buchstäblich in letzter Sekunde hatte er das Steuer herumgerissen. „Wow, das war knapp!“, keuchte er und wurde kreidebleich. Emily wirkte auch etwas blass um die Nase und schnappte nach Luft. In der Zwischenzeit flogen sie bereits über dem Meer. Der Wind war merklich stärker geworden, die ersten Wellen mit Schaumkronen kamen in Sicht. „Der Treibstoff wird bis zur Möweninsel reichen und ich habe fünf Reservekanister mit Treibstoff an Bord. Die Landung aber wird ein echtes Problem! Bei dem Seitenwind schlagen wir drei Purzelbäume, sobald wir auf dem Boden aufkommen“, seufzte Eric. Genau in diesem Moment meldete sich die Krähe Rockabilly, Chefdirigent der Band „Rockabilly & Friends“ und bester Freund von Emily und Eric, über Funk: „Hallo, ihr zwei Wettflieger, ist alles in Ordnung bei euch?“ Emily gab einen kurzen Lagebericht. „Mmh, das ist ja ein ziemliches Schlamassel! Aber kein Problem, ich fliege mit meiner Band voraus auf die Möweninsel und wir erwarten euch dort. Pass jetzt genau auf, Emily! Im Westen der Möweninsel befindet sich die einzige asphaltierte Straße der Insel. Dort sollte auf einer kleinen Anhöhe eine Landung möglich sein. Ich fliege mit meiner gesamten Krähen-Band vollzählig zur Insel, verständige auch meine Kumpels, die Möwen auf der Möweninsel, und wir werden euch eine Landebahn so dick mit Moos, Blättern und Daunenfedern auspolstern, dass ihr so butterweich wie in einem Vanillepudding mit Schlagobers auf dem Boden aufsetzen werdet. Alles klar? Krah, Krah, Krah: *Heute und morgen, bei Kummer und Sorgen, bei Wind und Wetter, Rockabilly & Friends, helfen immer und überall, in jedem Fall, mit Musik, Musik, Musik, dadada dadada dadada dadada dadada DADADADA…Krah…Krah…Krah…!*“, krächzte Rockabilly in flotten Jazzrhythmen ins Funkgerät. Eric atmete erleichtert auf: „Vielen Dank, Rockabilly! Auf dich ist echt Verlass!“ Auch Emily konnte wieder aufatmen und suchte sofort nach der kleinen Anhöhe mit der Asphaltstraße. Im Westen der Insel war auf der Landkarte deutlich eine gut ausgebaute, kurvenreiche Straße zu erkennen, die auf eine kleine Anhöhe führte. „Ein guter Platz zum Landen!“, dachte Emily und prägte sich Position und Verlauf der Strecke genau ein. Eric Airomaus konnte nun schon die Konturen der Inselküste erkennen und hielt auf die Westseite der Insel zu. Inzwischen hatte es zu regnen begonnen und der Wind peitschte dicke Regentropfen gegen die Windschutzscheibe des kleinen, roten Flugzeuges, das nun schon kräftig vom aufkommenden Sturm zwischen den dunkelgrauen Wolken hin und her geschleudert wurde. Eric hatte alle Hände voll zu tun, um den Kurs halten zu können. Sie wurden tüchtig durchgerüttelt und die Nadel auf der Benzinanzeige zitterte Richtung Null. „Bedenklich, bedenklich…“, murmelte Eric Airomaus besorgt.

5. Auf der Möweninsel

„Da, schau, Eric, genau unter uns! Die Straße und die Anhöhe – dort unten müssen wir landen!“, rief Emily Flymaus aufgeregt. In diesem Augenblick schwirrten aus allen Himmelsrichtungen Möwen heran, sie steuerten zielstrebig auf die Anhöhe im Westen der Insel zu. Jede hatte entweder Blätter, Daunenfedern oder Moosstückchen im Schnabel. Mitten auf dem Hügel aber stand Rockabilly mit seinen Freunden, sie spielten eine flotte Jazzmusik und hatten die Hälfte der Landebahn schon sehr gut mit Blättern, Daunenfedern und Moosflecken präpariert. Eric und Emily konnten nun das Riesenspektakel der Möwen beobachten, die auf die asphaltierte Fläche zuflogen und in Sekundenschnelle die Strecke in einen federnden Teppich aus Moos, Blättern und Daunenfedern verwandelten. „Na, dann mal los! Das könnte klappen!“, rief Eric Airomaus seiner Copilotin Emily zu. Sie warf ihm ein ermutigendes Lächeln zu und konzentrierte sich sofort wieder auf die Landung. „Bei der kleinen Bucht da vorne kannst du schon zum Sinkflug übergehen“, gab sie routinemäßig zurück. Eric nickte gelassen. Kaum hatten sie die

Bucht erreicht, waren sie auch schon mitten im Landeanflug. - BUTTERWEICH landeten sie auf dem Moosteppich, den Rockabilly & Friends mit den Möwen für sie gebaut hatten. Wie eine Flaumfeder federten sie mit dem Flugzeug auf und nieder:

Boing, boing, boing! Dann ratterten sie über den Landeteppich. Moos, Blätter und Daunenfedern wirbelten wie wild durch die Luft. Eric konnte vor lauter Blättern und Federn gar nichts mehr sehen, doch er ließ das Steuer nicht los, bremste mit viel Gefühl und stoppte schließlich die Maschine ganz. Stille! Ganz langsam und nahezu geräuschlos, wie in einer Zeitlupe, kippte das Flugzeug seitlich um und blieb wie in einem weichen Federbett, auf den linken Flügel gestützt, liegen. „Das ist ja super gelaufen! Rockabilly hat nicht zu viel versprochen“, freute sich Eric. Rockabilly winkte ihnen noch freundlich zu und verschwand schließlich geräuschvoll mit seiner Jazzband zum nächsten Konzert. Die Möwen begleiteten Rockabilly & Friends noch eine Zeit lang aufs weite Meer hinaus, bis sie am Horizont verschwanden. „Und wie soll das jetzt weitergehen, Eric? Wir haben so viel Zeit verloren, sollten wir nicht doch lieber gleich aufgeben? Wir schaffen diesen Wettlauf gegen die Zeit nie!“, flüsterte Emily ein wenig traurig. „Nein, so schnell geben wir nicht auf! Aber es wird nicht leicht werden. Zuallererst muss ich das Reserverad montieren und den Treibstoff nachfüllen. Das heißt, du wirst alleine nach der magischen Möweninselblume „Hope“ suchen müssen, während ich das Flugzeug repariere und auftanke. Ich sehe keine andere Möglichkeit. Traust du dir das zu, Emily? Es kann aber gefährlich werden! Ich denke dabei an Jimmy Luftikus und Johnny Rabbit, aber auch an die Sleepy-Brothers. Diese Typen sind nicht zu unterschätzen!" Emily überlegte trotzdem nicht lange und war einverstanden. Schnell schnappte sie ihren Wanderrucksack, zog den Regenmantel mit der Kapuze an und machte sich auf den Weg, um die seltene Inselblume „Hope" zu suchen. „Warte! Da, nimm den Kompass mit, damit du dich nicht verirrst auf dieser Insel!" Eric reichte ihr den Kompass und klopfte ihr auf die Schultern. „Du schaffst das! Ich weiß das sicher!", sagte er ihr zum Abschied. Dann machte er sich daran, das Reserverad und den Werkzeugkoffer zu holen. Über die Seitenlage des Flugzeuges würde er sich erst später Gedanken machen. Für Emily aber begann eine gefährliche Expedition auf der noch weitgehend unerforschten Möweninsel. Als sie aus dem Flugzeug kletterte, schlugen ihr böiger Wind und peitschender Regen entgegen. Doch tapfer stapfte sie durch das hohe Gras und wagte sich immer tiefer in das Innere der Insel. Sie musste die magische Blume finden! Schließlich hatte ja gerade sie bei diesem Wettfliegen mitmachen wollen. Und dieser Jimmy Luftikus war ihr ab jetzt überhaupt nicht mehr sympathisch. Wie hatte er das nur tun können? Am Flugzeug eines

Konkurrenten einfach herumschrauben, das war so unfair. Und wer nur war so frech gewesen und hatte ihnen den Treibstoff geklaut? Zwei Stunden lang stolperte sie durch dichtes Gestrüpp und kletterte auf steile Hänge und Hügel. Schließlich fand sie sich mitten in einem undurchdringlichen, düsteren Wald wieder. Ein fernes Motorbrummen durchzog die Luft. Emily blickte zum Himmel hinauf und sah Startnummer eins, zwei und fünf von der Möweninsel wegfliegen. Jimmy Luftikus, Johnny Rabbit und auch Skunky hatten es also schon geschafft! Die drei waren ihnen zuvorgekommen und hatten eine Möweninselblume bereits im Gepäck. Plötzlich erschien ihr alles so sinnlos. Sie fror, war bis auf die Haut durchnässt und zum Umfallen müde. Endlich gelangte sie zu einer Lichtung. Doch da! - Wie im Märchen tat sich plötzlich eine wunderschöne Blumenwiese vor ihr auf. Die Wiese glitzerte und funkelte in allen Farben. Emily vergaß Kälte und Erschöpfung und freute sich über all die Margeriten, die Glockenblumen, die Gänseblümchen und Vergissmeinnicht. Wenn, dann würde sie hier die magische Möweninselblume "Hope" finden. Angestrengt spähte sie über die Wiese, die wie ein farbenfrohes Blütenmeer vor ihr lag, und suchte jeden Zentimeter der Wiesenfläche ab. Da! Endlich! Nach langem Suchen blinkte ihr ein funkelndes Purpurrot entgegen. Die magische Blume war von einer solchen Schönheit, wie sie Emily noch nie zuvor gesehen hatte. Überglücklich lief sie auf die purpurrot leuchtende Inselblume zu und stand dann andächtig vor der zauberhaften Blume. Vorsichtig grub Emily die Blume „Hope“ mitsamt den Wurzeln mit einer kleinen Schaufel aus. Da ließ sie ein schriller Pfiff erschrocken zusammenfahren. Sie blickte sich nach allen Seiten um. Da! - Die Sleepy Brothers wuselten auf sie zu. Die zwei Murmeltiere pfiffen um die Wette und umkreisten Emily in immer enger werdenden Bahnen. Ihr stockte fast der Atem und sie stand wie angewurzelt - mitten in der Blumenwiese mit der magischen Inselblume „Hope“ in der Hand. Was sollte sie nur tun? Plötzlich fiel der gigantische Schatten eines Riesen auf die Blumenwiese. Die Sleepy Brothers hielten verwirrt in ihren Umkreisungen inne. Zitternd wie Espenlaub blickten sie zum Himmel. Ein mächtiger Riese bewegte sich auf sie zu. Schweigend setzte er einen Fuß vor den anderen und kam immer näher. Jazzmusik begleitete den mysteriösen Riesen und Emily erkannte sofort, dass das Rockabilly & Friends und die Möwen waren, die

in der Formation eines furchterregenden Riesen dahergeflattert kamen. Das war Emilys Chance!

Die Sleepy Brothers checkten natürlich überhaupt nichts und nahmen entsetzt Reißaus. Emily aber steckte die magische Blume achtsam in einen Glasbehälter und verstaute alles vorsichtig in ihrem Rucksack. Jetzt durfte sie keine Zeit mehr verlieren! In Höchstgeschwindigkeit rannte sie los, über Stock und Stein zum Flugzeuglandeplatz. Einmal verlor sie komplett die Orientierung, doch mit dem Kompass fand sie wieder zurück zur Westseite der Insel, wo Eric Airomaus mit seinem Flugzeug auf sie wartete. Rockabilly mit Band würde ihr, zumindest eine Zeit lang, die Murmeltiere vom Hals halten können. Sie hatte zwar nur einen kleinen Vorsprung, aber immerhin einen Vorsprung. Mit letzter Kraft erreichte sie das Flugzeug auf der Anhöhe. - Eric Airomaus hatte in der Zwischenzeit

das Reserverad montiert und das Flugzeug war wieder vollgetankt. Mittels Seilwinde war es ihm gelungen, die Propellermaschine aufzurichten. Nun war das Flugzeug wieder startklar. Das war ziemlich viel Arbeit gewesen und er keuchte noch immer schwer. Er sah Emily durch das hohe Gras auf das Flugzeug zulaufen. Irgendwas stimmte da nicht, das sah er sofort. So schnell hatte er sie noch nie laufen sehen. Was war da nur wieder passiert? Eric riss die Flugzeugtür auf, kletterte in Windeseile die Treppen hinunter und lief Emily entgegen. „Schnell, schnell! Die Sleepy Brothers sind mir auf den Fersen! Rockabilly kann sie wahrscheinlich nicht mehr lange aufhalten!“, rief sie ihm schon von Weitem entgegen. Eric Airomaus verstand sofort, nahm ihr den Rucksack ab, schnappte ihre Hand und rannte mit ihr zum Flugzeug zurück. Rasch kletterten sie die Treppen zum Cockpit hinauf und schlugen die Cockpittür hinter sich zu. Eric startete blitzschnell den Motor. Emily Flymaus war zwar noch immer ein wenig fertig, fasste sich aber schnell. Die Maschine ratterte über die mit Flaumfedern, Blättern und Moos ausgelegte Startbahn, wurde immer schneller und raste schließlich auf die zum Meer steil abfallenden Felsen zu. Eric Airomaus zog im letzten Moment die Propellermaschine hoch und mit einem Mal schwebten sie in der Luft, hoch über den Felsen und dem tosenden Meer. Vom Flugzeug aus - aus der Vogelperspektive - sahen die beiden, wie Rockabilly & Friends in der Formation eines Riesen die Sleepy Brothers querfeldein über die Wiesen und Felder der ganzen Insel jagten. Eric und Emily mussten lachen, denn es sah urkomisch aus, wie die zwei Murmeltiere von einer Inselseite zur anderen sausten.

6. Am „Kap der wilden Stürme"

Der Wind hatte inzwischen stark zugelegt und schwere Regentropfen prasselten auf das Flugzeugdach. Schnell rechnete Emily den Kurs zum „Kap der wilden Stürme" aus. Die Scheibenwischer liefen auf Höchststufe, die Sicht war gleich Null. Wie in einer Waschmaschine im Schleudergang tuckerten sie Richtung Leuchtturm. Es dämmerte bereits und Eric Airomaus wollte unbedingt noch vor Einbruch der Dunkelheit um den Leuchtturm herumfliegen. Sie waren nun schon erneut fünf Stunden unterwegs und komplett übermüdet, doch volle Konzentration war angesagt. Da! – Endlich! Durch die dunkelgrau-schimmernde Regenwand drangen ein schwaches, gelbes Blinken und dazwischen immer

wieder ein rotes Blitzlicht. Das musste der Leuchtturm sein! Das „Kap der wilden Stürme“ lag unmittelbar vor ihnen. Im Dämmerlicht waren bereits die schroffen Umrisse der Klippen und die messerscharfen, zackigen Riffe rund um den Leuchtturm zu erkennen. Eric Airomaus wusste, dass sich die Windrichtung am Kap ändern würde und dass der Wind dort noch viel, viel stärker werden würde. Deshalb flog er nicht direkt auf die Landspitze zu, sondern ein gutes Stück hinaus aufs Meer, denn er wollte bei der Umrundung möglichst viel Abstand zu den schroffen Felswänden haben. Der Wind würde sie gefährlich gegen die Klippen drücken. Respektabstand von den Klippen zu halten, war daher durchaus angebracht, denn Eric wollte mit seinem Flugzeug nicht wie ein Abziehbild an den Felsen klebenbleiben. Also flog er vorerst hinaus aufs Meer und ließ sich durchrütteln wie in einer Betonmischmaschine. „Wo fliegst du denn hin, Eric? Du fliegst ja weg vom Leuchtturm!“ Eric antwortete nicht, drehte aber nach und nach wieder zurück und peilte dann wieder den Leuchtturm an. Meterhohe Wellen brachen sich an den spitzen Felszacken, aus denen der Leuchtturm in den Nachthimmel emporragte und gespenstisch blinkte. Emily hatte jetzt begriffen, was Eric vorhatte. Und da waren sie auch schon bei der Felsenkante, der Wind brauste hier in enormer Geschwindigkeit um das Kap und heulte fürchterlich. Eric hielt mit aller Kraft das Steuer, aber er konnte nicht verhindern, dass der Abstand zu den Felsen immer kleiner wurde. „Ein paar Meter noch, dann haben wir es geschafft! Auf der anderen Seite des Kaps wird es sicher ruhiger werden!“, schrie er Emily in voller Lautstärke zu, denn er musste den tobenden Sturm übertönen. Und wirklich! Kaum hatten sie die Landspitze passiert, wurde der Wind leichter und sie flogen wieder etwas ruhiger dahin. „Buuh, geschafft!“, atmete Eric Airomaus erleichtert auf. Auch Emilys Gesichtszüge entspannten sich ein wenig und sie lächelte ihm zu. Vor ihnen kam nun der Leuchtturm in Sicht - einmal rundherum fliegen und sie hätten auch diese Etappe geschafft. Mit gemischten Gefühlen sah Emily nach unten - auf das noch immer aufgewühlte Meer. Doch dann traute sie ihren Augen nicht! Auf der Ostseite des „Kaps der wilden Stürme“ erblickte sie ein zerschelltes, qualmendes

Flugzeug! „Ach, du meine Güte! Siehst du das zerbeulte Flugzeug da unten?“, rief Emily erschrocken und schluckte schwer. Eric blickte vorsichtig nach unten und stellte erschrocken fest: „Das ist doch Johnny Rabbits Flieger! Da bin ich mir ziemlich sicher. Wir sehen uns das einmal näher an. Ich gehe runter, Emily! Das wird zwar ziemlich ungemütlich und wir verlieren Zeit, aber wir müssen Johnny da rausholen. Hoffentlich ist ihm nichts passiert!“ Der Wind hatte Gott sei Dank etwas nachgelassen und Eric überflog die kleine Insel, auf der der Leuchtturm stand, und ging dabei so tief wie nur möglich hinunter. In immer kleiner werdenden Kreisen überflog er die Insel. Man konnte das qualmende, eingedrückte Flugzeug von Johnny Rabbit nun deutlich erkennen. Der Hochgeschwindigkeits-Feldhase saß mit hängenden Löffelohren auf einem Stein und blickte traurig aufs Meer hinaus. Als er das Brummen von Erics Flugzeug hörte, sprang er auf und rannte winkend und wild um sich fuchtelnd hin und her. „Hallo, hallo! Hier bin ich!!! Hier!!! Hier! Hilfe, Hilfe! Hallo, Haaallooo!“ Johnny Rabbit schrie sich die Seele aus dem Leib, hüpfte wie ein Scheibenwischer von einer Seite auf die andere und musste schließlich fassungslos mitansehen, wie das Flugzeug plötzlich wieder abdrehte und hinter einer Felsenwand verschwand. Das Motorbrummen wurde immer leiser und leiser und dann war wieder nur der tobende Sturm zu hören. Traurig setzte sich Johnny auf seinen Stein, weinte bitterlich und ließ die Löffelohren verzweifelt hängen. Eric Airomaus war aber nur deshalb weggeflogen, weil er bei diesem Wind nur auf der Westseite der Insel landen konnte. Emily hatte in der Karte verzweifelt einen Landeplatz gesucht und war schließlich doch fündig geworden. Auf der Westseite der Leuchtturminsel gab es eine Hochebene, auf der sie hofften, landen zu können, ohne an den Klippen zu zerschellen. Als Johnny das Flugzeug dann doch wieder näherkommen sah, führte er einen Freudentanz auf und rannte im Zickzack über die Insel. Eric Airomaus setzte indessen mit dem Flugzeug – leider etwas unsanft - auf dem Boden auf und ratterte über die Hochebene.

Es goss noch immer wie aus Kübeln und das machte die Sache nicht gerade leichter. Eric schaffte zwar die Landung, konnte aber nicht verhindern, dass er einen Felsvorsprung streifte und dabei den linken Flugzeugflügel leicht beschädigte. Nach der Vollbremsung zischte, spuckte und qualmte die Propellermaschine an allen Ecken und Enden, aber sie standen dann irgendwann doch einmal still. „Super, jetzt sitzen wir bei Sturm und Regen auch auf der Leuchtturminsel fest! Wo ist nun dieser Unglückshase?“, schimpfte Eric Airomaus wütend. In diesem hoffnungslosen Moment meldete sich heiser krächzend Rockabilly über Funk: „Hier ist Rockabilly, hallo ihr beiden, wo seid ihr? Hallo, Haallöööchen! Wenn ihr bereits beim Leuchtturm seid, dann versucht eine Landung und übernachtet heute auf alle Fälle im Leuchtturm! Dort seid ihr wenigstens ein bisschen geschützt vor dem Unwetter! Wir haben nämlich von den Delfinen eine Wetterwarnung hereinbekommen, die sich gewaschen hat. Diese Nacht wird mehr als ungemütlich hier heraußen!“ Eric griff blitzschnell zum Funkgerät: „Hier ist Eric Airomaus. Wir sind soeben auf der Leuchtturminsel gelandet. Johnny Rabbit hat hier eine Bruchlandung hingelegt. Wir werden ihn zum Leuchtturm mitnehmen, sein

Flugzeug dürfte ziemlich lädiert sein. Der Sturm nimmt tatsächlich stetig zu und wir werden wohl die Nacht hier im Leuchtturm verbringen müssen. Danke für die Warnung! Wir sind zum Glück alle gesund und munter, auch Johnny Rabbit hat nichts abgekriegt, denn er läuft derzeit im Zickzack querfeldein über die Insel, weil er sich so freut, dass er gerettet wird! Danke dir, Rockabilly! Ende." Emily und Eric schnappten Schlafsäcke, Decken, Taschenlampen, Verbandszeug sowie Proviant und kletterten, mit Stirnlampen versehen und schwer bepackt, aus dem rauchenden Flugzeug. Eric schimpfte noch einige Zeit leise vor sich hin und es klang so wie „So eine verrückte Idee, dieses Wettfliegen! So ein Schmarrn! Wem ist denn das nur wieder eingefallen? So ein Schlamassel, ich könnte zu Hause in meinem warmen Bett liegen und lesen, Musik hören, Computer spielen oder fernschauen und dabei heißen Kakao trinken und Schokocroissants futtern. Aber nein, ich stapfe im strömenden Regen, bis auf die Haut durchnässt, bei Orkanwindstärke auf der steinigen Leuchtturminsel in stockdunkler Nacht herum, habe mein Flugzeug auf einer Geröllhalde geparkt und rette gerade einen Hochgeschwindigkeits-Feldhasen vor dem Erfrieren…!!!“ Dabei richtete er immer wieder vorwurfsvolle Blicke auf seine Copilotin Emily, die ziemlich kleinlaut versuchte, gegen die starken Windböen anzukommen. Tapfer kämpfte sie sich gegen den Wind Richtung Leuchtturm und stolperte im schwachen Lichtschein ihrer Taschenlampe durch die unheimliche Gewitternacht. „Mein Gott, bin ich froh, dass ihr mich gesehen habt und dass ihr mich rettet! Ich weiß gar nicht, wie ich euch danken soll!“ Johnny Rabbit stand plötzlich keuchend im Lichtkegel der beiden Taschenlampen und hatte gerade noch rechtzeitig seinen Zickzack-Lauf quietschend einbremsen können. Um Haaresbreite hätte er Emily Flymaus niedergerannt. „Ist schon gut!“, brummte Eric, „Leider sitzen wir jetzt alle drei hier auf dieser windigen Insel fest! Rockabilly hat uns eine Wetterwarnung der Delfine weitergegeben. Eine Nacht im Leuchtturm steht uns bevor! Weiterfliegen ist zu gefährlich!“ Rabbit senkte die Löffelohren und flüsterte heiser: „In diesen Leuchtturm bringen mich keine zehn Pferde, sicher nicht! Dort spukt es angeblich! Ein gruseliger

Leuchtturmwärter aus längst vergangener Zeit soll immer genau um Mitternacht seine Leuchturmrunde drehen. Mit einer kleinen Laterne in der Hand schlurft er die Treppen hinauf und singt dabei mit furchtbarer Stimme: „*Vom Leuchtturm her, schau ich schon ewig hinaus auf's funkelnde Meer und zähle die Tage und Schiffe nimmermehr!*“ Bei diesen Worten versagte Johnny Rabbit fast die Stimme, schließlich verstummte er ganz und seine angstgeweiteten Augen blickten ins Leere. „Unsinn! Johnny, was bist du nur für ein Angsthase, das glaubst du doch selber nicht, was du da so daherredest. Los jetzt, dort vorne ist der Leuchtturm! Hoffentlich ist er nicht versperrt, das fehlte gerade noch!“, unterbrach ihn Eric unwirsch. Als sie schließlich mit bis zum Hals klopfenden Herzen vor dem mächtigen Leuchtturm standen, stemmte sich Eric Airomaus gegen die morsche Eingangstür. Knarrend sprang die verwitterte Holztür auf und sie traten in das Innere des Leuchtturmes. Eine schier endlos wirkende Wendeltreppe verlief spiralenförmig bis hinauf zur Turmspitze, wo sich offenbar ein Wohnraum und eine Aussichtsplattform befanden.

Im diffusen Lichterschein wurden an den Wänden Spinnweben sichtbar, die - wie von Geisterhand bewegt - zitternd hin und her schwangen. Eric ging mit seiner Taschenlampe voran, dicht hinter ihm erklomm Emily die vermoderten Stufen und Johnny Rabbit folgte ihnen mit angelegten Ohren. Oben angelangt, bot sich ihnen ein überwältigender Blick hinaus auf das vom Sturmwind aufgewühlte Meer. Starker Regen trommelte ohne Unterlass gegen die riesigen Fensterscheiben. Das Tosen und Brausen des Meeres war auch im Leuchtturm in voller Lautstärke zu hören und in den starken Böen pfiff der Wind heulend die Wendeltreppe hinauf und hinunter. Es hörte sich schauerlich an, aber mit der Zeit gewöhnten sie sich daran. Das kleine Leuchtturmzimmer lag ganz oben im Turm und hatte rundherum Fenster, an denen nun im Sturmgewitter der Regen wie ein Wasserfall hinunterlief. Emily entdeckte in einem alten, knorrigen Schrank eine Kerze und Streichhölzer. Sie zündete die Kerze an und stellte sie auf den klobigen Holztisch, der mitten im Zimmer stand. Eric sah sich suchend im Raum um und fand einen kleinen Kamin, auch aufgeschichtetes

Brennholz war vorhanden. Während Emily die Schlafsäcke und Decken auf dem Boden ausrollte, versuchte Eric Airomaus ein Kaminfeuer zu entfachen. Johnny Rabbit verteilte den gesamten Proviant auf einer Decke und freute sich schon auf die Schokoladenkekse, obwohl er gerne auch ein paar Karotten zum Knabbern gehabt hätte. Inzwischen war es Eric gelungen, den Kamin einzuheizen und bald verbreitete sich wohlige, behagliche Wärme im Leuchtturmzimmer. Im Schein des flackernden Kaminfeuers krochen die drei in ihre Schlafsäcke und futterten die Schokoladenkekse. Johnny Rabbit löschte schließlich die Kerze, vergaß völlig auf das Leuchtturmwärter-Gespenst und schon bald hörte man ihn laut schnarchen. Auch Eric und Emily versuchten endlich einzuschlafen, aber Johnny Rabbits Schnarchen nahm immer mehr an Lautstärke zu und obendrein durchzuckten die roten und gelben Blinklichter des Leuchtturmes wie kleine, grelle Blitze das Zimmer und warfen riesige Schatten an die Wände. Das Leuchtturmwärter-Gespenst ging den beiden nicht mehr aus dem Kopf.

7. Das Leuchtturmwärter-Gespenst

„Ding-dong, ding-dong, ding-dong!“ Auf der Uhr im Leuchtturmzimmer schlug es Mitternacht. Unheimlich war der Klang der altmodischen Pendeluhr. Eric lag wach und lauschte in die Dunkelheit. Rabbit schnarchte inzwischen so laut, dass fast die Wände wackelten. Mühelos übertönte er den Sturm, der um den Leuchtturm und um das Kap pfiff. Doch plötzlich verstummte das Tosen und auch Johnny Rabbits Schnarchen. - Stille! - Mucksmäuschenstill war es im Leuchtturm. Eric und Emily hielten den Atem an, denn sie hörten ein Ächzen und Stöhnen im Stiegenaufgang. Jemand schien die Wendeltreppe heraufzuschleichen. Die Holzstiegen knarrten verdächtig und die Schritte kamen immer näher. Eric fuhr aus seinem Schlafsack hoch und griff nach seiner Taschenlampe. Im diffusen Licht gewahrte er einen Schatten, der sich die Wendeltreppe hinaufschleppte. Emily stand plötzlich neben Eric und beobachtete, geschüttelt von Gruselschauern, die ihr über den Rücken liefen, den unheimlichen Schatten, der immer näherkam. Die Tür zum Leuchtturmzimmer war knarrend aufgesprungen. Gleich würde die grauenvolle Gestalt in der Tür stehen. Mit letzter Kraft zog sich das mysteriöse Wesen am Treppengeländer hoch. „Schrecklich! Wer immer das auch sein mag, er hat zwei kleine, grässliche, spitzige Hörner am Kopf! Das ist sicher das Leuchtturmwärter-Gespenst!“, dachte Emily und schüttelte sich vor Grauen. Sie zitterte am ganzen Leib. Die Schatten der Hörner wurden im Schein der Lampen immer riesiger und es sah aus, als schlurfe ein Drache die Wendeltreppe herauf. Eric konnte kaum noch seine Taschenlampe halten, Mund und Augen standen ihm offen. „Ach, du meine Güte! Der unheimliche Leuchtturmwärter!“ Eric Airomaus trat mit Emily einen Schritt zurück, starr vor Angst und Schrecken. Jeden Moment konnte diese entsetzliche Gestalt im Türrahmen erscheinen. Johnny lag inzwischen wieder auf dem Rücken, sein Schnarchen begann von Neuem und hörte sich an, als würde er einen ganzen Wald umsägen. Das Schreckgespenst im Stiegenhaus hielt inne und klammerte sich an das Geländer der Wendeltreppe. Johnny Rabbits Schnarchen war dem seltsamen Wesen offenbar nicht geheuer. Da nahm Eric all seinen Mut zusammen und sprach mit fester Stimme: „Wer ist da!“ Johnny riss es aus seinem Schlafsack, er stand plötzlich senkrecht und taumelte wie benommen in seinem Schlafsack hin und her. Mit angstgeweiteten Augen erblickte er den Schatten eines Drachen an der Wand, fiel sofort in Ohnmacht und der Länge nach wieder in seinen Daunenschlafsack hinein. „Uah, Uah, Hiiiilfe, Hiiilfe, Hiiiilfe!“, kreischte der Geist im Treppenhaus und auch Eric und Emily schrien aus Leibeskräften: „Uah, Uah, Hiiilfe, Hiiilfe, Hiiilfe!“ Sie schlossen die Augen. Dann war es wieder mucksmäuschenstill! – Ganz langsam öffneten sie wieder die Augen und vor ihnen erschien NICHT, wie vermutet, das Leuchtturmwärter-Gespenst, sondern „JIMMY LUFTIKUS“, der vor Kälte schlotterte und sich die Haare raufte. Er nahm seine knallorange-weiß karierte Mütze ab und wirkte dabei äußerst angegriffen. Die Wollmütze war klatschnass und durchlöchert wie ein Schweizer Käse. Jimmys Gesicht war rußgeschwärzt, die Haare standen ihm ganz abenteuerlich zu Berge, seine Klamotten hatten überall Brandlöcher, von seinem Pullover fehlte ein Ärmel und seine Hose war komplett zerrissen. „Das darf doch nicht wahr sein! Jimmy Luftikus! Was machst DU denn hier?“, rief Eric Airomaus erstaunt.

Der Superpilot Luftikus warf seine zerfledderte Haube auf den Tisch und sich selbst in einen wackeligen Sessel neben dem Kaminfeuer. Durchgefroren wie er war, hielt er seine Hände übers Feuer und versuchte, sich ein bisschen zu wärmen. „Uff! Gott sei Dank, ihr seid es nur! Ich dachte schon, ich wäre jetzt zur Geisterstunde in eine Geisterclub-Sitzung mit dem Leuchtturmwärter-Gespenst geraten und meine letzte Stunde hätte geschlagen!“, stöhnte er sichtlich erleichtert. „Dieses Sauwetter! Fast hätte ich es geschafft! Doch bei der Leuchtturm-Umrundung hat es mich von einem Looping ins andere gedreht, mir ist schlecht geworden und dann konnte ich nur mehr notlanden. Das war nicht sehr schön. Mit letzter Kraft bin ich durch den Sturm gewandert bis hierher, zu diesem unheimlichen Leuchtturm. Nun komme ich mir wie eine Wanderratte vor, nicht wie die beste Flugratte aller Zeiten. Und mein Flugzeug ist auch hin!“ Kaum hatte er seinem Ärger und seiner Enttäuschung Luft gemacht, ließ er seinen zerzausten Kopf in beide Hände sinken und weinte bitterlich. Johnny Rabbit klopfte ihm auf die Schultern und tröstete ihn: „Mach dir nichts draus. Mein Flugzeug ist auch kaputt, das habe ich bei dem starken Wind auf die Klippen gesetzt. Ich dachte bei diesem Wind könnte ich meinen eigenen Geschwindigkeitsrekord brechen und habe meine Löffel als Ballonsegel eingesetzt. Es hätte klappen können, aber leider, es war zu viel des Guten! Die Böen waren um einiges zu stark. Meine Löffelohren haben sich mit Wind gefüllt, das Flugzeug schoss dahin wie eine Rakete und klebte schließlich auf den Klippen. Eric und Emily haben mich gerettet und zum Leuchtturm mitgenommen.“ Der Sturm hatte in der Zwischenzeit wieder zugelegt. Blitze zuckten über den Himmel und tauchten das Leuchtturmzimmer in ein gespenstisches Flackerlicht. Donner grollte durch die finstere Nacht und die Brandungswellen schlugen bis zu den obersten Fenstern des Leuchtturmes hinauf. „Na, das wäre was gewesen, da jetzt draußen sein, zwischen den Blitzen, im strömenden Regen, im Sturmgewitter! Nicht auszudenken!“, murmelte Eric vor sich hin und rollte sich wieder in seinen Schlafsack. Auch für Luftikus fand sich eine Decke, die Taschenlampen der vier gingen eine nach der anderen aus. Schließlich erhellte nur mehr das grelle Leuchten der Blitze für kurze Zeit das Zimmer. „Endlich schlafen, endlich!“, dachte Emily und zog sich die Decke bis über beide Ohren.

8. Skunky in großer Gefahr

Es pochte eindringlich an der Fensterscheibe. „Poch, poch, poch!“ Ängstlich lugte Emily Flymaus unter ihrer Decke hervor und zum Fenster hinüber. „Huch, da ist ja Rockabilly am Fenster! Wie kommt denn der hierher?“, fragte sie sich und ihr schwante Fürchterliches. Schnell sprang sie auf und öffnete das Fenster. Rockabilly wurde vom Sturm förmlich hereingeschleudert. Der Wind rüttelte so stark an den Fenstern, dass Emily ihre liebe Not hatte, die klappernden Fensterläden wieder zuzudrücken. Triefend nass flog Rockabilly zum Kamin, streifte sein Funk-Headset und seine lederne Flughaube ab und versuchte, seine patschnassen Flügel am Kaminfeuer zu trocknen. Emily legte ein paar Holzscheite nach. Dann saßen sie eine Weile stumm vor dem Kamin und blickten ins Feuer. Die anderen schliefen tief und fest, vor allem Rabbit, der wieder friedlich vor sich hin schnarchte. Endlich begann Rockabilly zu reden: „Ich bin euch durch den Sturm gefolgt, denn ich hatte große Angst um euch! Hier im Leuchtturm seid ihr wenigstens halbwegs sicher vor diesem Unwetter. Für vier Uhr früh werden die stärksten

Sturmböen erwartet.“ Dann wieder Schweigen. Emily war gerührt, dass Rockabilly so besorgt um sie gewesen war und dass er ihnen sogar nachgeflogen war. „Was ist mit den anderen? Sind sie alle in Sicherheit?“, fragte Emily aufgeregt. „Na ja, so lala! Die Stadtmaus Vivienne hat noch rechtzeitig umkehren können. Sie hat die Sturmwarnung über Funk von der Wettflugleitung hereinbekommen, hat gleich wieder umgedreht und ist noch vor der Möweninsel nach Mausburgen zurückgeflogen. Inzwischen ist sie schon wieder in Mausburgen gelandet und damit beschäftigt, ihr Make-up aufzufrischen. Den ungemütlichen Flug durch den Sturm hat sie bravourös gemeistert. Das war sicher keine leichte Sache, gegen den starken Wind nach Mausburgen zurückzufliegen. Aber sie hat es geschafft! Alle Achtung! Ja, und die Sleepy-Brothers schlafen erschöpft auf der Möweninsel in einer Strandhütte. Meine Jungs haben sie noch lange kreuz und quer über die Insel gejagt. Die beiden Flughörnchen Lilly und Milly sind ebenfalls auf der Möweninsel zwischengelandet. Sie verbringen diese Nacht in ihrem Flugzeug und sind in Sicherheit. Nur Skunky, den

Bruchpiloten, habe ich aus den Augen verloren! Der macht mir ein wenig Sorgen!“, seufzte Rockabilly und blickte mit düsterer, undurchdringlicher Miene durch das Leuchtturmfenster auf das tosende Meer hinaus. Eine vorwitzige Feder hing ihm in die von Sorgenfalten gekräuselte Stirn. Schließlich räusperte er sich etwas heiser und sprach: „Ich muss Skunky suchen! Noch komme ich gegen Sturm und Wetter an. Es wird ein Flug gegen die Zeit, fürchte ich!“ Emily sah ihn erschrocken an und rief aufgeregt: „Das ist viel zu gefährlich, Rockabilly! Das Gewitter wird immer heftiger und der Wind legt ständig zu! Bitte bleib hier bei uns im Leuchtturm!“ Doch Rockabilly war wild entschlossen. - Nichts kann eine Krähe aufhalten, wenn sie sich einmal etwas in den Kopf gesetzt hat! – Rockabilly setzte sich seine Lederhaube wieder auf, befestigte das Headset und flog zum Fenster. Emily musste wohl oder übel das Fenster öffnen. Sogleich fegte grimmig der Sturm durch das Zimmer und wirbelte den Staub der letzten Jahrzehnte auf. Rockabilly zog den Kopf ein, legte die Flügel an und stürzte sich in die Tiefe und in die Nacht hinaus, schraubte sich wieder hoch, breitete die Flügel aus und ließ sich im eleganten Gleitflug von den Sturmböen durch die Lüfte tragen. „Uff!“, stöhnte Emily Flymaus, nachdem sie das Fenster mit höchster Anstrengung wieder zugedrückt hatte. Dann lehnte sie sich erschöpft mit dem Rücken gegen die Wand, ging langsam in die Knie und ließ sich auf den Boden sinken. Dort blieb sie wie ein Häuflein Elend sitzen und schloss die Augen. „Wenn das nur gut geht! Skunky und Rockabilly, ganz alleine da draußen im ärgsten Gewitter!“, ging es ihr durch den Kopf. Plötzlich saß Eric Airomaus neben ihr, sah sie fragend an, und wollte wissen, was um alles in der Welt, hier los gewesen sei. Ihr Bericht war etwas verwirrend für Eric, aber letzten Endes bekam er doch mit, dass Rockabilly im ärgsten Sturm nach Skunky suchte. Er kratzte sich nachdenklich am Kopf. Hier war guter Rat teuer! „Kann man in diesem Leuchtturm nicht eine Minute in Ruhe schlafen?“, beschwerte sich Johnny Rabbit und setzte sich in seinem Schlafsack auf. Er rieb sich die Augen und blickte sich verschlafen um. Im selben Moment kroch auch Jimmy Luftikus aus seinem Schlafsack und gähnte herzhaft: „Ist der Sturm endlich vorbei?

Müssen wir schon aufstehen? Aber es ist ja noch stockdunkle Nacht!“ Die Flugratte Luftikus staunte nicht schlecht und hielt sich genervt die Ohren zu, als es auf der Pendeluhr ein Uhr schlug. Eric ignorierte geflissentlich das Gejammer von Jimmy und Johnny und rief ihnen zu: „Hört mal her, ihr Schlafmützen! Rockabilly ist auf der Suche nach Skunky, der da draußen im Sturm irgendwo ganz allein herumkurvt. Bei diesem Unwetter können wir die beiden aber nicht allein lassen! Jetzt ist es ein Uhr früh. Der Sturm wird im Laufe der Nacht sicher noch viel stärker werden. Emily warf schnell ein: „Von Rockabilly weiß ich, dass für vier Uhr früh die stärksten Sturmböen erwartet werden.“ „Gut, dann haben wir ab jetzt ganze drei Stunden, um die beiden zu finden und in Sicherheit zu bringen“, stellte Eric Airomaus fest. „Mein Flugzeug ist leider ein wenig beschädigt. Der linke Flügel hat einen großen Riss. Das müsste aber mit ein paar elastischen Spanngurten leicht zu reparieren sein. Nur, wo sollen wir auf dieser einsamen Insel Spanngurten herbekommen? Mmh…“ Eric dachte angestrengt nach. Da fiel sein Blick auf die elastischen, knallroten Hosenträger von Johnny Rabbits Fliegerhose. Johnny Rabbit bemerkte Erics Blick und wusste sofort, was hier gespielt wurde. Er griff erschrocken nach seinen beiden Hosenträgern und sagte mit zusammengebissenen Zähnen: „Nein, sicher nicht! Meine Hosenträger bekommt ihr nicht! Niemals!!! Kaputter Flügel hin oder her!“ Das war nun eindeutig gewesen. Aber Eric Airomaus ließ nicht locker: „Jetzt gib schon her! Das ist unsere einzige Chance, von dieser Insel hier wieder wegzukommen!“ Rabbit schnaubte ärgerlich: „Wie stellst du dir das vor, du Vifzack! Ich verliere ja sonst die Hose! Sie ist mir nämlich viel zu weit, verstehst du?“ Doch Eric hielt nur stumm die Hand auf und sagte unmissverständlich: „Los, her damit! Es geht schließlich um Skunky und Rockabilly, beide sind in großer Gefahr!“ Alle Augen waren nun auf Johnny Rabbit gerichtet. Schweigend und mit verschränkten Armen standen die anderen vor ihm und musterten ihn unerbittlich. Auf der Pendeluhr schlug es viertel zwei. - „Also gut, da nimm!“ Rabbit gab sich geschlagen und überreichte schweren Herzens seine beiden Hosenträger, wobei er mit der anderen Hand krampfhaft seinen Hosenbund festhielt und schwer beleidigt zur Seite blickte. Airomaus schnappte die Hosenträger, rannte die Wendeltreppe hinunter und hinaus in die stürmische Nacht. Emily folgte ihm mit der Taschenlampe. Die beiden kämpften sich durch Regen und Wind. Der tobende Sturm drohte sie umzuwehen. Irgendwie schafften sie es aber dann doch bis zum Flugzeug durchzukommen und auf den beschädigten, linken Flügel zu klettern. Wie die Eichhörnchen turnten und balancierten sie auf dem kaputten Flügel herum. Eric legte sich auf den Bauch, umwickelte den Riss mit Rabbits Hosenträgern, band einen festen Knoten und zog diesen mit aller Kraft zu. Die Flügeltragfläche schnappte mit einem lauten Klicken ein und war mit einem Ruck wieder in der richtigen Position. „Geschafft!“ Beide begutachteten die Reparatur nochmals genau und waren mit dem Ergebnis zufrieden. „Das sollte so halten!“, meinte Eric Airomaus endlich. Eric und Emily lagen auf dem Bauch und klammerten sich an die Flügelkante, währenddessen rann ihnen der Regen über den Nacken, den Rücken hinunter und in die Schuhe hinein. „Hatschi, hatschi,

hatschi!“, nieste Emily. „Oje, hoffentlich hast du dich nicht erkältet!“, meinte Eric besorgt. „Komm, schnell zurück in den Leuchtturm! Wir holen unsere Sachen und dann fliegen wir sofort los. Wir müssen uns beeilen, denn die Zeit läuft und läuft und läuft!“ Emily nickte und musste schon wieder niesen. Sie fror und hatte ein wenig Kopfweh, aber sie ließ sich nichts anmerken. Zurück im Leuchtturm begann das große Zusammenpacken. Nur das Notwendigste durfte mit, denn es konnte durchaus sein, dass sie Skunky mitsamt seinem Gepäck und auch Rockabilly mit an Bord nehmen mussten. Da konnte es dann sehr eng werden im Flugzeug. „Ich bleibe auf keinen Fall alleine in diesem Gruselturm, nie im Leben!“, jammerte Rabbit. Wie ein Häufchen Elend saß er neben dem Kamin. „Und was ist mit mir? Seid ihr noch zu retten! Glaubt ihr vielleicht ich bleibe hier allein mit dem Leuchtturmwärter-Gespenst? Nicht eine Minute! Ich fliege selbstverständlich mit!“, ließ Jimmy Luftikus vernehmen und verschränkte trotzig die Arme vor der Brust. Seine Sachen hatte er schon fertig gepackt, sein Rucksack stand griffbereit neben ihm auf dem Boden. „Ihr seid mir eine feine Bande! Wenn ihr euch nun schon alle in meinen Flieger reinzwängen wollt, dann möchte ich jetzt auf der Stelle wissen, wer von euch zwei Banditen mir das Rad gelockert hat und wer mir den Treibstoff rausgesaugt hat!“ Da war es plötzlich sehr still im Leuchtturm, nur fernes Donnergrollen durchbrach die peinliche Redepause. „Ähem…!“, begann Jimmy Luftikus. „Na ja, ein bisschen habe ich schon an den Radschrauben gedreht. Es tut mir wirklich sehr, sehr leid! Das war echt nicht fair von mir!“ Bei diesen Worten blickte er beschämt zur Decke und dann angestrengt nach unten auf den Boden. Er schien jedes Fußbodenbrett einzeln zu studieren und pfiff leise ein kleines Liedchen vor sich hin. Daraufhin räusperte sich Johnny Rabbit verlegen: „Tja, was soll ich sagen! Die Versuchung war einfach zu groß! Ich habe eine Menge Strohhalme vom Buffet mitgenommen und zusammengesteckt, dann habe ich damit deinen Treibstoff aus den Tanks angesaugt und in meine leeren Kanister gefüllt. Es tut mir wirklich sehr leid und wird sicher nie, nie wieder vorkommen! Ehrenwort! - Und den Treibstoff bekommst du selbstverständlich zurück!“ Rabbit schloss die Augen. In solchen Momenten hätte er sich am liebsten unsichtbar gemacht. „Na, ihr seid mir schöne Früchtchen! Seht ihr wenigstens ein, dass das voll unfair von euch gewesen ist? Was da alles hätte passieren können!“, gab Eric wütend zurück. Ohne ein weiteres Wort zu verlieren, packte er grimmig das Notwendigste für den Flug zusammen. Schnell schnappte Emily auch noch den Behälter mit der Möweninselblume, denn irgendetwas sagte ihr, dass sie die Blume „Hope“ bald dringend brauchen würden. Die beiden verließen den Leuchtturm in stockdunkler Nacht und der Rest der Truppe folgte ihnen möglichst unauffällig zum Flugzeug. - Rabbit und Luftikus quetschten sich eilig auf die Rückbank des Flugzeuges und blickten betreten zu Boden. Der Sturm hatte ein wenig nachgelassen und Eric Airomaus war sehr froh darüber. Bei weniger Wind war der Start gleich viel, viel leichter. Trotzdem musste er Vollgas geben, denn die Böen waren noch immer sehr kräftig und wirbelten das Flugzeug wie eine Feder durch die Luft. Emily Flymaus saß neben Eric Airomaus und hielt angestrengt Ausschau nach

Rockabilly. Sie hatte seltsam gerötete Wangen und wirkte etwas abgespannt. Doch sie mussten Skunky und Rockabilly retten, da konnte sie jetzt nicht wegen ein bisschen Fieber und Erkältung schlapp machen. „Da, schau, da hinten am Ende der Landspitze! Da flattert doch etwas in der Luft zwischen riesigen Wellen und schäumender Gischt hin und her! Wetten, dass das Rockabilly ist!“, rief sie aufgeregt. Im selben Moment begann das Funkgerät knisternd zu rauschen und Eric und Emily vernahmen über die Kopfhörer Rockabillys krächzende Stimme: „Krah, krah, krah! Skunky ist in großer Gefahr! Er musste im Sturm auf einer kleinen Insel, einige Meilen westlich von hier, auf einem Sandstrand notlanden. Es ist leider eine Bruchlandung geworden, sein Flugzeug ist ziemlich verbeult und steckt im Sand fest. Skunky dürfte sich einen Fuß in der Cockpittür eingeklemmt haben und kommt nicht weg. In einer Stunde ist aber die Flut da und wird den Strand und auch Skunky überfluten und ins Meer hinausspülen. Es ist furchtbar! Krah, krah, krah!“ Eric und Emily sahen sich erschrocken an, und den beiden Fluggästen, Jimmy und Johnny, blieb der Mund vor Schreck offenstehen. Eric dachte kurz nach und antwortete entschlossen: „Rockabilly, wir kommen! Zeig uns den Weg zu dieser Insel!“ Rockabilly krächzte ein kurzes „Okay!“ ins Funkgerät, flog eine elegante Schleife und dann Richtung Westen. Eric folgte ihm mit gemischten Gefühlen. „Wir haben nur mehr eine Stunde, denn um vier Uhr früh ist die Flut da. „Hoffentlich geht sich das aus!“, dachte er besorgt.

9. In letzter Sekunde

Rockabilly hatte mit massiven Flugschwierigkeiten zu kämpfen. Seine Federn waren zentnerschwer vom sintflutartigen Regen. Er musste viele Kurven fliegen, denn gegen den starken Wind kam er fast nicht mehr an. Das kostete Kraft, sehr viel Kraft. Erschöpft hielt er Ausschau nach der Insel, wo Skunky mit seinem Flugzeug gestrandet war. Die lederne Flughaube war ihm ein wenig in die Augen gerutscht. Mit letzter Kraft streifte er sie schnell mit beiden Flügeln nach hinten, um wieder klare Sicht zu bekommen. Und da tauchte auch schon die kleine Insel vor seinen Augen auf. Er hatte sich das Leuchtfeuer am Südende der Insel gemerkt. Ohne Zweifel, das war die Insel! Ein Blick auf seine Armbanduhr sagte ihm, dass es nur noch dreißig Minuten bis zur Flut waren. Angespannt sah sich Rockabilly nach Erics Flugzeug um. Aber da war nichts, nichts, außer einer dunkelgrauen Wolkenwand. „Wo, um alles in der Welt, bleibt nur Eric Airomaus? Die Zeit läuft uns ja davon!“, dachte er verzweifelt. Ein leises Motorbrummen durchschnitt plötzlich die Luft und Erics kleines, rotes Flugzeug durchbrach die graue

Wolkenwand. Rockabilly atmete erleichtert auf und winkte ihnen zu. Mit dem rechten Flügel zeigte er Richtung Strand. Der Morgen graute und es wurde schon langsam Tag. Emily entdeckte zuerst Skunkys Flugzeug, das tief in einer Sanddüne steckte. Von ihm selbst war jedoch nichts zu sehen. „Er wird noch immer in der verbeulten Cockpittür eingeklemmt sein. Ich habe keine Ahnung, wie wir Skunky vor der Flut retten können. Es ist einfach schrecklich!“, stellte Eric bekümmert fest. Emily war inzwischen am Ende ihrer Kräfte, aber noch immer ließ sie sich nichts anmerken. Auch sie überlegte angestrengt, wie sie Skunky aus dem Flugzeug befreien könnten. Rockabilly flatterte wie wild um Erics Flugzeug herum. Er wollte sie offenbar darauf aufmerksam machen, dass die Flut nur mehr wenige Meter von Skunkys Flugzeug entfernt war. Da rief Eric plötzlich in die Runde: „Ich habe eine Idee! Lieber Johnny Rabbit, du musst mit dem Fallschirm abspringen und Skunky aus dem Flugzeug rausholen. Mit deinen Riesenlöffelohren kannst du den Fallschirm am besten steuern und punktgenau bei dem gestrandeten Flugzeug landen. Du nimmst in einem

Rucksack das Werkzeug, den Erste Hilfe-Kasten und vor allem die Möweninselblume „Hope“ mit, damit du Skunky aus der Klemme helfen kannst. Mit der Heilkraft der magischen Möweninselblume kannst du hoffentlich Skunkys verletzten Fuß sofort heilen. Hier im Flugzeug haben wir eine Seilwinde, ich kann ganz tief und ganz langsam über den Strand fliegen und das Seil runterlassen. Skunky und du, ihr müsst das Seil dann nur im richtigen Moment schnappen und euch daran festhalten. Luftikus und Emily kurbeln euch dann mit der Seilwinde so schnell wie möglich rauf. Alles klar? Es ist die einzige Chance, Johnny! Wir haben nur mehr eine knappe halbe Stunde, bevor der ganze Strand überflutet ist. Du musst es machen!“ Johnny Rabbit legte seine Ohren an und brüllte: „Und was mach ich mit meiner Hose? Die rutscht wie nur was und ich verheddere mich in den Fallschirmseilen! Wie stellst du dir das vor? Bin ich vielleicht Superman, oder was!“ Luftikus reichte ihm seine Schuhbänder. „Da nimm, binde dir damit die Fliegerhose zusammen und dann nichts wie raus mit dir aus dem Flugzeug!“, schnaubte Jimmy grimmig. Eric Airomaus bestand auf den Fallschirmabsprung, obwohl er nicht sicher war, ob sein Plan auch tatsächlich klappen würde. Aber hier ging es um Leben und Tod! Sie mussten es riskieren. Auch Rabbit hatte nun begriffen, wie ernst die Lage war. Ohne weitere Widerrede knüpfte er die Schuhbänder zusammen und machte sich daraus einen Gürtel. Jimmy zog inzwischen die Schuhe aus, ab jetzt würde er wohl barfuß gehen müssen. Rabbit legte den Fallschirm an. Emily reichte ihm den Behälter mit der Möweninselblume, den Werkzeugkoffer und das Verbandszeug. Wortlos stopfte Johnny alles in seinen Rucksack. Danach bereiteten Emily und Luftikus die Seilwinde mit dem endlos langen Abschleppseil vor. Dann kam der große Moment! Rabbit stand zitternd vor Angst vor der Flugzeugtür, Jimmy riss die Tür auf und brüllte: „Los, spring!“ Nur mit Mühe konnte er das ohrenbetäubende Windgeräusch übertönen. Johnny Rabbit stand vor der sperrangelweit offenen Flugzeugtür und starrte voller Grauen in die Tiefe. Mit aller Kraft klammerte er sich am Türrahmen fest. Doch Luftikus kannte kein Erbarmen, löste Johnnys verkrampfte Finger vom Türrahmen und gab Johnny schließlich einen kleinen Schubs. Rabbits Hände verloren den Halt, krallten sich aber derart an Jimmys Jacke fest, dass beide laut schreiend in die Tiefe stürzten. „Hiiilfe, Hiiilfe, Hiiiilfe!“ Es dauerte nur wenige Sekunden, da ging der Fallschirm auf.

Johnny hing am Fallschirm mitsamt Gepäck. Jimmy Luftikus hatte sich an Rabbits Füße geklammert. So schwebten beide unter heftigen Diskussionen zu Boden. Jimmy schaffte eine punktgenaue, wenn auch etwas harte Landung direkt neben Skunkys Flugzeug. Dieses stand jedoch schon mit den Rädern im Wasser und die Flut stieg immer höher und höher. Die beiden wateten durch das flache Wasser zum Flugzeug. Lautes Jammern war zu hören. „Hey, Skunky! Wir sind hier, um dich zu retten!“, riefen sie ihm entgegen. „Mein Gott, bin ich froh, dass ihr da seid? Mein Fuß ist eingeklemmt unter der Cockpittür. Aua, es tut so furchtbar weh! Ich fürchte, der Fuß ist gebrochen! Ihr müsst schnell weg von hier, die Flut wird bald da sein und dann ist es aus!“, rief Skunky. Er versuchte, sich aufzurichten, sank aber sofort wieder völlig erschöpft zurück. Inzwischen hatte Johnny seinen Werkzeugkoffer geöffnet und suchte nach einem geeigneten Werkzeug, um die kaputte Cockpittür zu zerlegen. In Windeseile schraubte er alle Schrauben der Tür auf. Zusammen mit Jimmy hob er die schwere Tür auf, und Skunky, der Bruchpilot, robbte darunter hervor. Das Bein sah böse aus und es war sicher gebrochen. Sofort holte Johnny Rabbit die magische Möweninselblume „Hope“ aus dem Behälter und reichte sie Skunky. „Los, riech an der Blume! Angeblich muss man daran riechen, um ihre sagenhaften Heilkräfte zu aktivieren.“ Skunky nahm die Blume, schloss die Augen und atmete tief den wunderbaren Duft der

Zauberblume „Hope“ ein. Das war ein wunderbarer Duft! Für einen Moment stand die Zeit still, die drei Freunde wurden in eine hauchzarte, hellblau schimmernde Seifenblase und ein buntes Blütenblättermeer eingehüllt. Eine wunderschöne Melodie erklang, und dann – „Schwuppdiwupp“ - verschwand die Möweninselblume aus Skunkys Händen. Wie durch ein Wunder war der ganze Schmerz auf einmal weg. Er befühlte ungläubig sein Bein, dann sprang er auf und rief aufgeregt: „Wow, meine Verletzung ist wie weggezaubert! Es ist kaum zu glauben, mein Bein ist wieder völlig in Ordnung! - Jetzt aber schnell weg hier, höchste Eisenbahn. Jede Sekunde kann uns die Flut ins Meer hinausziehen! Dann sind wir verloren!“ Das Wasser umspülte in der Zwischenzeit schon Skunkys Flugzeug und schwappte an den Flugzeugwänden hoch. Es war wirklich höchste Zeit abzuhauen. Skunky, Rabbit und Luftikus kletterten eilig aus dem Flugzeug und stellten sich mitten auf den Strand. Das Meerwasser war knöcheltief und stieg stetig Zentimeter um Zentimeter. Luftikus schwang seine knallorange-weiß karierte Wollmütze in der Luft herum. Er wollte Eric das Signal dafür geben, dass sie nun abholbereit waren. Erleichtert atmete Jimmy auf, als er endlich das kleine, rote Flugzeug am Horizont erblickte. Die Abschleppleine wehte im Wind. „Das wird eine knappe Sache!“, dachte Jimmy etwas nervös. Er war zwar ziemlich abgebrüht, aber so abgebrüht nun auch wieder nicht. Zu den anderen sagte er laut: „Macht euch schön langsam fertig zum Aufspringen. Dieses Abschleppseil, besser gesagt diesen Flieger, müssen wir kriegen, sonst gehen wir baden - im wahrsten Sinne des Wortes!“ Eric Airomaus flog im Tiefflug den Strand entlang, das Abschleppseil schleifte er im Meerwasser nach. Dann war es so weit! „Jetzt oder nie!“, schrien Skunky, Rabbit und Luftikus gleichzeitig. Wie die Frösche sprangen sie aus dem Wasser und schnappten - genau im richtigen Moment - die flatternde Abschleppleine. Wie die Kletten klammerten sie sich an die Leine. Mit viel Gefühl zog Eric die Propellermaschine mit einem eleganten Schwung hoch. Dann schwebten die drei zwischen Himmel und Erde. Emily an der Seilwinde hatte jedoch nicht die geringste Chance, alle drei Schwergewichte auf einmal ins Flugzeug zu kurbeln. Kaum hatte sie eine Umdrehung geschafft, verließ sie die Kraft und das Seil rollte sich wieder ab. Skunky, Rabbit und Luftikus wurden bei dieser Gelegenheit dann jedes Mal wie drei Kräuterteesackerln immer wieder in das Meerwasser getaucht - Platsch und platsch und wieder platsch! Sie schossen zwar gleich wieder aus dem Wasser heraus, wenn Emily mit der Kurbel doch wieder eine schweißtreibende Umdrehung nach oben gelungen war, doch sie waren klitschnass bis auf die Haut nach einem solchen Meerbad und hatten jede Menge Wasser in der Nase und in den Ohren. „Was soll das? Seid ihr nicht ganz bei Trost? Wir sind doch keine Teebeutel, na, sicher nicht!“, spuckte Johnny Rabbit und schüttelte sich fünf Liter Wasser aus den Löffelohren. Emily Flymaus war am Ende ihrer Kräfte. Da schaltete Eric den Autopiloten ein, sauste zur Seilwinde und kurbelte mit Emily im Eilzugstempo die drei schimpfenden und Wasser prustenden Gestalten ins Flugzeug hinauf. Rabbit sprang zuerst durch die offene Flugzeugtür ins Flugzeug hinein, dann folgte ihm Luftikus und schließlich rollte sich auch der pummelige Skunky in den Passagierraum. „Das war knapp, das war echt knapp! Viel hätte nicht mehr gefehlt, und wir wären… - letzte Sekunde war das, aller-, allerletzte Sekunde …!“, stammelte Rabbit, fiel in den erstbesten Sitz und schlief sofort ein. Skunky und Jimmy schleppten sich ebenfalls zu den gepolsterten Sitzbänken, warfen sich in dieselben und verfielen ebenfalls sofort in einen Tiefschlaf. Eric konnte aufatmen. Seine Schützlinge hatte er jetzt sicher an Bord. Doch Emily machte ihm Sorgen. Sie saß keuchend und hochrot im Gesicht neben der Seilwinde, komplett erledigt von der übermenschlichen Anstrengung. Erschöpft blickte sie nach unten: Skunkys Flugzeug wurde gerade von der Flut mitgerissen und ins offene Meer hinausgetrieben. Bald war es nirgends mehr zu sehen. Die Uhr auf dem Armaturenbrett zeigte jetzt auf vier Uhr früh, der Wind hatte merklich aufgefrischt, die Wolkentürme bauten sich zu riesigen Gebirgen auf. Das Schlimmste stand ihnen wohl noch bevor. Emily schluckte und musste mit Tränen in den Augen an Rockabilly denken, der diesem furchtbaren Gewitter schutzlos ausgeliefert sein würde. Da legte ihr plötzlich jemand einen Flügel auf die Schulter und krächzte ihr ins Ohr: „Mach dir nicht so viele Sorgen, Emily! Ich hab´ ja gewusst, dass es sich um vier Uhr da draußen nochmals so richtig abspielen wird. Und während ihr an der Seilwinde gedreht habt, bin ich ins Flugzeug reingeflogen und hab ein kleines Nickerchen ganz hinten im Flugzeug gemacht. Jetzt bin ich herrlich ausgeschlafen. Aah, herrlich!"

10. Emily Flymaus gibt nicht auf

Im Flugzeug war es jetzt ziemlich eng geworden, die Luft im Cockpit und im Passagierraum war stickig. Johnny Rabbit klagte über eine trockene Kehle und Skunky bemühte sich, keine Stinksalven im Flugzeug zu verbreiten. Luftikus hielt sich aber vorsichtshalber doch die Nase zu, dabei trat ihm der Schweiß aus allen Poren. Das war nicht gerade angenehm, denn sie saßen mittlerweile sehr eng beisammen, beinahe schon übereinander. Eric Airomaus und Emily Flymaus hatten aber im Moment andere Sorgen: Sie mussten sich wettermäßig ab jetzt auf das Schlimmste gefasst machen! Die Wolken türmten sich vor ihnen zu bedrohlichen, schwarz-grauen Riesen auf, undurchdringliche Regenwände nahmen ihnen jede Sicht, der Sturm trieb schäumende Wellengebirge vor sich her. Das Flugzeug wackelte heftig hin und her, war Spielball der stärksten Windböen. Emily wusste, dass sie jetzt nicht aufgeben durfte. Sie musste unbedingt durchhalten! Von ihrer Navigation hing nun alles ab, Eric musste sich ausschließlich auf das Kurshalten konzentrieren. Große Umwege zu fliegen, war jetzt nicht ratsam. Mitten im ärgsten Sturm blickte Eric aber dennoch zu Emily hinüber. „Was ist los mit dir, Emily? Du bist ja hochrot im Gesicht, du glühst ja richtig!“, fragte er besorgt. „Ach, nichts, gar nichts, wirklich. Ich hab´ mich nur ein bisschen verkühlt, aber ist nicht schlimm“, gab sie schnell zurück und vertiefte sich in ihre Landkarten. Bei diesen Worten aber bekam sie einen heftigen Schüttelfrost und die Karten fielen ihr aus der Hand. Eric brüllte nach hinten in den Passagierraum: „Rabbit, schnell, hol den Erste Hilfe-Kasten! Luftikus und Skunky, kommt auch schnell! Emily ist umgekippt.“ Johnny Rabbit griff in Windeseile nach dem Medizinkoffer, Jimmy und Skunky sprangen von ihren Sitzen und dann wollten alle drei gleichzeitig durch die Cockpittür ins Cockpit, was natürlich nicht ging. Sie blieben stecken und erst nach einem zweiten Anlauf schaffte es Rabbit als Erster durch die Tür. Emily saß mit glühenden Wangen und fieberglänzenden Augen vollkommen erschöpft im Cockpit. Johnny riss den Koffer auf und suchte nach einem Mittel gegen Fieber. Aber da war nichts, was hätte helfen können! Die Sachen flogen in alle Richtungen hinaus aus dem

Erste Hilfe-Kasten, aber nichts Brauchbares gegen Fieber war dabei. Luftikus legte Emily ein feuchtes Handtuch auf die Stirn und versuchte ihr Wasser einzuflößen. Emily trank zwar ein paar Schluck, aber auch das half nichts. Das Fieber stieg und stieg immer höher. Eric Airomaus steuerte die Maschine durch das Sturmgewitter. „Frühestens in zwei Stunden werden wir in Mausburgen landen. Das dauert viel zu lange!", dachte er mit einem prüfenden Blick auf Emily. Sie war in einem besorgniserregenden Zustand. Über Funk gab er der Veranstaltungsleitung in Mausburgen die voraussichtliche Ankunftszeit mit sechs Uhr früh bekannt. Er stellte auch sicher, dass bei ihrer Ankunft ein Arzt und die Rettung auf dem Flughafen sein würden. Da fiel ihm plötzlich ein, dass die drei anderen Wettflieger, doch auch eine Möweninselblume haben mussten. Vielleicht hatten sie nach ihren Bruchlandungen doch noch eine magische Blume retten und mitnehmen können. „Zwei Stunden fliegen wir noch bis Mausburgen. Emily braucht unbedingt eine Medizin gegen das Fieber. Wer von euch hat noch eine „Hope"-Blume im Gepäck? Diese Blume ist die einzige Chance für

Emily. Sonst überlebt sie das nicht!“, rief er verzweifelt. Rockabilly flog ins Cockpit zu Emily und legte ihr einen Flügel auf die Stirn. „Ein Wahnsinn! Emily hat mindestens 40 Grad Fieber! Wir müssen etwas tun, abcr rasch. Los, so macht doch endlich was!“, krächzte er und seine Stimme überschlug sich fast. Luftikus und Skunky schüttelten traurig die Köpfe. „Nein, leider! Meine Möweninselblume ist in meinem kaputten Flugzeug geblieben“, erklärte Jimmy Luftikus. „Und meine treibt jetzt in meinem Flugzeug übers Meer und ist futsch für alle Zeiten“, seufzte Skunky. Da zog Johnny Rabbit aus seinem Rucksack triumphierend die Möweninselblume „Hope“ und überreichte sie Emily. „Gott sei Dank!“, atmete Eric erleichtert auf. In der Zwischen-

zeit war der Sturm so stark geworden, dass Eric kaum noch das Steuer halten konnte, so durchgerüttelt wurden sie von den heftigen Sturmböen. Der Duft der Zauberblume wirkte auch bei Emily sofort: Und wieder stand für einen Augenblick die Zeit still, wieder erklang eine wunderschöne Melodie und wieder waren sie wie in eine hellblau schimmernde Seifenblase gehüllt. Das Fieber war von einer Sekunde auf die andere wie weggezaubert. Der Schüttelfrost hörte sofort auf und Emily erholte sich zusehends. Überall im Flugzeug wirbelten bunte Blütenblätter herum und die Zauberblume verschwand im Blütenblättermeer mit einem zarten „Schwuppdiwupp!“ „Wow, das Fieber ist einfach weg, ganz weg. Ich fühle mich wieder großartig! Ganz riesengroßen Dank euch allen! Auf euch kann man sich wirklich verlassen!“, rief Emily und blickte dankbar in die Runde. „Hurra, Emily ist wieder gesund, hurra!“, sangen Rabbit und Luftikus im Duett und Skunky versuchte auch ein wenig mitzuträllern. „Jetzt aber nichts wie nach Hause! Der geflickte Flügel scheppert schon sehr verdächtig. Hoffentlich hält er noch bis Mausburgen! Na, die werden Augen machen, wenn wir dort alle auf einmal eintrudeln“, lachte Eric und war heilfroh, dass es Emily wieder gut ging. Der Wind war in der Zwischenzeit ein wenig schwächer geworden und das Gewitter zog allmählich ab. Man konnte sich schon fast wieder ein wenig entspannen. Eric und Emily freuten sich über die Verschnaufpause und einen halbwegs ruhigen Rückflug nach Mausburgen. Bald schon drang leises Schnarchen aus dem Passagierraum und leise brummte der Motor vor sich hin. Die ersten Sonnenstrahlen lugten durch die Wolkendecke und trafen funkelnd auf die sich langsam glättenden Meereswogen. Die erschöpften Wettflieger flogen zuversichtlich in den Sonnenaufgang und in einen neuen, wunderschönen Tag hinein.

11. Freunde für immer

Endlich tauchte vor ihnen Mausburgen zwischen schneebedeckten, glitzernden Bergspitzen auf. Eric Airomaus blickte in die Tiefe und nahm Kurs auf den Mausburgener Flughafen, der ihm wie ein Tautropfen in der Sonne zublinkte. Das Gewitter war nun endgültig abgezogen, der lädierte Flugzeugflügel klapperte zwar fortwährend, aber Rabbits superelastische Hosenträger hielten nach wie vor tadellos. Doch noch ein wenig erschöpft, döste Emily friedlich vor sich hin, während sich Eric auf die Landung in Mausburgen vorbereitete. Er freute sich schon sehr auf zu Hause und in seiner Phantasie sah er leckere Lasagne und ofenfrische Schokocroissants an sich vorüberziehen. Mmh! Einen Riesenhunger hatte er und sein Magen knurrte wie ein ganzes Rudel Wölfe. Von seinem lauten Magenknurren geweckt, meldete sich Emily mit einem verschlafenen Gähnen: „Guten Morgen, Eric! Wo sind wir denn? Ah, da vorne ist ja schon Mausburgen! - Du kannst dir gar nicht vorstellen, wie ich mich schon auf mein gemütliches, warmes Bett freue! Ich will nur mehr schlafen, nur mehr schlafen will ich!“ Auch im Passagierraum rührte sich schon langsam etwas: Es schepperte und klapperte, dann wieder hörte man jemanden herumschlurfen. Proteste und Verwarnungen unter den Passagieren waren ebenso zu vernehmen wie hitzige Wortgefechte. Plötzlich erschien Luftikus in der Cockpittür, grinste breit und sprach: „Hey, Eric! Ist dir eigentlich schon aufgefallen, dass wir ziemlich tief fliegen. Wir sind viel zu schwer! Schließlich sind wir zu fünft hier drin, in diesem kleinen Flugzeug, und dann noch das ganze Gepäck dazu. Wir platzen ja aus allen Nähten! Also aufgepasst bei der Landung, mein Lieber. Das wird im wahrsten Sinne des Wortes ein Tiefflug werden!“ Tatsächlich flogen sie ziemlich tief und wackelten unruhig durch die Luft, weil das Flugzeug mit dieser Vollbesetzung viel zu viel Gewicht hatte. Eric nickte ihm nur kurz zu, denn er hatte das natürlich auch schon längst bemerkt. „Die Landung wird keine leichte Sache werden“, dachte Eric. Aber da mussten sie durch, ob sie nun wollten oder nicht. Auf der Mausburgener Kirchturmuhr schlug es gerade sechs

Uhr früh. Trotzdem es so früh am Morgen war, hatten sich schon sehr viele Leute aus Mausburgen versammelt, um Eric Airomaus und seine Freunde zu begrüßen. Sie standen entlang der Landebahn und winkten und jubelten ihnen freundlich zu. Vor sich die Landepiste, ging Eric tiefer, doch dann erschrak er sehr, denn die Propellermaschine sackte ab wie ein Stein im Wasser, weil sie ja so schwer beladen war. Die Maschine brauste über die Köpfe der Zuschauer hinweg, dass es nur so staubte. Hüte und Schirmkappen flogen wild durcheinander und durch die Luft. Alle warfen sich in letzter Sekunde auf den Boden. Der Mausburgener Bürgermeister fiel im richtigen Moment ein zweites Mal in Ohnmacht und die Rockabilly Band spielte auf, was das Zeug hielt. Eric Airomaus landete etwas unsanft - „Ruumps! – und ratterte – „Holterdipolter!“ - über die Landebahn. Einmal scharf gebremst und die Maschine stand still. „Wir haben es geschafft!“, stöhnte Eric Airomaus, schloss die Augen und ließ seinen Kopf auf das Armaturenbrett sinken. Jazzmusik drang von draußen in den Passagierraum. Rockabilly öffnete die Flugzeugtür und stieg als Erster aus dem Flugzeug. Begeistert begrüßten ihn die Mausburgener und Mausburgenerinnen. Der Bürgermeister hatte sich zwischenzeitlich wieder halbwegs erfangen und schüttelte Rockabilly zur Begrüßung beide Flügel. Jimmy Luftikus – barfuß wie er war - und der verschlafene Skunky folgten ihm, dann kam lange Zeit nichts und endlich, endlich erschien auch Johnny Rabbit in der Tür. Die Hose hatte er noch immer mit Jimmys Schuhbändern zusammengebunden. Die Mausburgener staunten nicht schlecht über diese neue Mode: Schuhbänder-Gürtel waren nach diesem Event zwei Saisonen lang fester Bestandteil der Frühjahrsmode in Mausburgen. Man trug Schuhbandgürtel, wenn man „in“ sein wollte, damals. Dem Bürgermeister blieb der Mund offenstehen, als dann auch noch Eric Airomaus und Emily Flymaus aus dem Flugzeug kletterten. „Wie viele sind denn da noch in dieser kleinen Propellermaschine? Wo gibt es denn sowas?“, fragte sich der Mausburgener Bürgermeister. Als dann schließlich doch keiner mehr aus dem Flugzeug kletterte, begann er endlich mit seiner Rede und kündigte die Siegerehrung für 14:00

Uhr an. Schön langsam trudelten auch die Flying-Sisters und die Sleepy-Brothers ein. Beide Teams hatten den Sturm auf der Möweninsel abgewartet und waren heute Morgen direkt nach Mausburgen zurückgeflogen. Sie waren also nicht mehr in der Wertung – genauso wenig wie die Stadtmaus Vivienne, die schon seit gestern Abend Interviews gab und sich mit ihrem Flugzeug von der Presse fotografieren ließ.

Bei der Siegerehrung standen dann Eric Airomaus und Emily Flymaus, die Krähe Rockabilly, die weltbeste Flugratte Jimmy Luftikus, der Hochgeschwindigkeits-Feldhase Johnny Rabbit und das Stinktier Skunky, der Bruchpilot, auf dem Siegerstockerl. Eric Airomaus nahm den großen, goldglänzenden Pokal freudestrahlend entgegen. Sie alle hatten diesen Flug gegen die Zeit gewonnen, weil sie ihre Fehler eingesehen und in jeder auch noch so brenzligen Situation immer fest zusammengehalten hatten. Mit den gewonnenen 100.000 Mausburgischen Sternentalern konnten sie ihre Flugzeuge reparieren lassen. Den Rest des Geldes, immerhin noch 70.000 Sternentaler, spendeten sie für ein Gewächshaus und einen botanischen Garten zur Erforschung und zum Schutz der Möweninselblume „Hope“ und vieler anderer Heilkräuter.

Von nun an waren sie Freunde für immer: Eric Airomaus und Emily Flymaus, Rockabilly, Johnny Rabbit, Jimmy Luftikus und Skunky. Eric verlangte sofort nach der Siegerehrung nach Lasagne und Schokocroissants, Emily fiel komplett übermüdet in ihr Bett, Johnny kaufte sich auf dem Festgelände bei einem Verkaufsstand neue Hosenträger, Jimmy leistete sich eine neue knallorange-weiß karierte Wollmütze, Skunky ließ sich sein Flugzeug rundherum mit himmelblauer Zuckerwatte auspolstern und Rockabilly & Friends spielten Rockabillys neuestes Lied „Friends forever“. Die Stimmung war großartig und es wurde ein rauschendes Fest. Bis in die frühen Morgenstunden wurde in Mausburgen gefeiert.

„Ding-dong, ding-dong, ding-dong!“ Schrill klingelte es am nächsten Morgen an Erics Tür. „Ja, ja, ich komm ja schon!“, brummte Eric Airomaus und öffnete – noch im Halbschlaf und im Pyjama – die

Eingangstür. Der Briefträger stand auf der Holzveranda und überreichte Eric einen Brief. „Vielen Dank!“, murmelte Eric Airomaus. Das Schreiben war von seinem Cousin Louis Lancelot aus Maus-City. Verschlafen setzte sich Eric Airomaus in seinen Schaukelstuhl, öffnete das Kuvert und begann zu lesen:

Lieber Eric,

wie geht es dir? Ich hoffe, es geht dir gut!

Vor zwei Tagen ist etwas Schreckliches passiert. Mein Zwillingsbruder Leo ist bei einem Segeltörn im Mittelmeer in einen starken Sturm geraten. Seither ist Leo spurlos verschwunden.

Bitte komm mit deinem Flugzeug schnell zu mir nach Maus-City und hilf mir, meinen Bruder wiederzufinden.

Beeile dich!!!

Viele Grüße

Louis

Eric Airomaus ließ den Brief langsam und müde auf seine Knie sinken, dann rief er Emily Flymaus an: „Hallo, Emily! Fliegst du morgen mit mir nach Maus-City?“

Ende

der dritten phantastischen Geschichte

Ich, **Chris Maierhofer**, mag Musik, Margeritenblumen und das Meer. Ab und zu reise ich nach Mausburgen und bringe von dort die neuesten Erlebnisberichte von Eric Airomaus mit.

Ich, **Bea Steinhart**, war sehr erfreut, als mich meine Freundin Chris bat, ihr neues Buch zu illustrieren. Meine Hobbys sind Kochen und Backen, Erdbeeren aus meinem Garten naschen und meine Katzen streicheln....

Zeichne dein Eric Airomaus-Abenteuer